春琴抄

春琴抄

谷崎潤一郎／著
賴明珠／譯

聯合譯叢 036

目次 Contents

◇

春琴，本名鵙（音菊）屋琴，生於大阪道修町的藥材商家，歿於明治十九年十月十四日，墓地設在市內下寺町淨土宗[*1]的某寺中。前幾日我經過附近，忽然想去參拜一下墓園，於是走上前去請求指引，寺中男子說道「鵙屋女士的墓地請往這邊」，於是便帶我往本堂後方走。只見一叢山茶樹下排列著幾座鵙屋家歷代的墓碑，卻未能見到像是琴女的墓。奇怪，從前聽說有鵙屋家姑娘的啊，怎麼她的墓呢，想了一下又道「難道那邊才是嗎？」便又帶我往東邊陡峭的坡道走上台階。正如眾所周知，下寺町東側後方高聳著生國魂神社所在的台地，因此現在這陡峭的坡道便是從寺院境內往那高台延伸的斜坡，此處以大阪來說也算是難得樹林如此茂鬱的地方，琴女的墓便建在那斜坡半山腰整平的一片空地上。墓石表面刻著光譽春琴惠照禪定尼法名，背面銘記俗名鵙屋琴，號春琴，明治十九年十月十四日歿，行年五拾八歲。側面，刻著門生溫井佐助建暨刻之。琴女雖畢生冠以鵙屋家姓氏，但或許由於事實上與「門生」溫井檢校*2度過夫婦生活，因此在與鵙屋家塚分開的地方，另擇一處建立單獨墓地吧。據寺男說鵙屋家早已沒落，近年少有族人前來掃墓，而且幾乎沒有人來祭拜琴女的墓，才一時之間沒有想起這是不是鵙屋家的人。那麼這佛豈不成了無緣者嗎？他說，倒也不然，一位住在萩之茶屋年齡約莫七十的老婦人每年還會來參拜一兩次，那婦人首先拜過這墓，然後，您瞧，那邊不是還有一座小墓嗎？他一面指著墓左側的另一座墓一面說，接著那位婦人一定也會在那座墓前上香膜拜，誦經費一總也是由那位老婦人奉獻的。寺男指的，是墓左側另一座小墓碑，墓石約僅琴女墓的一半，如鞠躬狀謙恭侍坐著。表面刻著眞譽琴台正道信士，背面刻有俗名溫井佐助，號琴台，鵙屋春琴門人，歿於明治四十年十月十四日，行年八拾三歲。這座墓就是溫井檢校之墓。關於萩之茶屋的老婦人往後還會提到，在這裡就暫且不說。只是此墓與春琴之墓相較之下不但矮小且墓石上明白記載乃屬門人，從這點足以看出檢校死後仍要謹守師徒之禮的遺志。這時正當夕陽紅紅照在墓石表面，我佇立在那山丘之上眺望腳下遼闊的大阪市景觀。說來這一帶正是難波津自古以來就有的丘陵地帶，朝西的高台由這裡一直延續到天王寺的方向。而且現在由於煤煙燻染草木莖葉已失去盎然生氣蒙上一層塵埃，有些枯萎的大樹甚至令人感覺頗殺風景。想像當初這些墓碑剛建的時分樹影該是更蒼鬱吧。不過現在以市內的墓地來說，這一帶仍屬最清靜而視野最開闊的地方。曾經遍歷一段奇異姻緣的師徒二人一面俯視著夕靄底下無數高樓林立的東洋第一工業大都，一面永久長眠於此。而且今日大阪早已大爲改變，不復檢校在世當年的舊觀了，唯有此二墓碑今日看來彷彿依然正以不淺的師徒之契彼此交談著一般。據說原來溫井檢校老家本屬日蓮宗[*3]，除檢校以外溫井一家之墓皆設在檢校的故鄉江州日野町某寺。顯然檢校已捨棄父祖歷代的宗旨改奉淨土宗，即使化爲墓石也不願離開春琴女身畔，這是出於殉情之意，因而在春琴女尚在世之時，早以師徒的法名，立定此二墓碑的相對位置、尺度等。從目測看來春琴女的墓碑高約六尺[*4]，檢校的才大約不到四尺的程度。兩座石碑並排立於石砌壇座上，春琴女之墓右側植有一棵老松樹，蒼翠枝葉有如屋頂般伸出覆蓋，而那松枝先端未能到達的左方離開二三尺的地方，檢校的墓則如鞠躬般謙恭侍坐一旁。如此可以想像檢校生前體貼入微地師事、形影不離地扈從時的模樣，彷彿石頭有靈今日依舊沉浸於那幸福之樂中一般無二。我在春琴女墓前跪下恭敬行禮後，並伸手放在檢校的墓碑上，一面愛撫著那石頭一面在山丘上徘徊留連直到夕陽沉入大市街的彼方為止。

◇

近來我手頭得到一本叫做《鵙屋春琴傳》的小冊子。這是我知道春琴女的由來。然而此書是以活版印刷四號字體印在生漉和紙之上，大約三十頁左右的文章。我推察應該是春琴女三週年忌日時，由弟子檢校委託某人為師傳撰成傳記分送各相關人士的吧。至於內容是以文章體撰寫，關於檢校雖然以第三人稱書寫，不過傳記題材推測應該是由檢校以口頭傳授提供的，因此本書作者其實不妨視為檢校本人。

依據傳記所述「春琴之家歷代稱爲鵙屋安左衛門，世居大阪道修町經營藥材商。至春琴之父已第七代也。母茂女出身京都麩屋町之跡部氏，嫁入安左衛門家育有二男四女。春琴乃其次女，生於文政十二年五月二十四日」。又曰「春琴自幼穎悟，加以容姿端麗高雅無人可比。四歲前後即開始習舞，舉措進退之法自備一格舉手投足之間優美艷麗亦爲舞妓所不及，連師傅都往往咋舌稱許，此兒堪憐，如此資質來日應可期待贏得天下嬌名，唯生爲良家子女眞不知該稱幸或不幸。又自幼開始學習讀書寫字之道，進步神速甚至凌駕二位兄長之上」。這些記載若出於視春琴如神的檢校，就不知該置信到多少的程度才好，不過她天生容貌「端麗高雅」倒是可以從各種事實獲得印證。當時婦人似乎大體身長較矮，據說她身高也不到五尺，舉凡顏面手足用具都非常小巧且極爲纖細。從留傳至今的春琴女三十七歲時所拍攝的照片看來，輪廓端正的瓜子臉上，眼鼻小巧彷彿一一都是可愛的手指揑成而可能瞬間將消失般柔軟細緻。多少因爲是明治初年或慶應[*5]前後所拍攝的關係，有些地方已出現零星斑點彷彿昔日遙遠記憶已然淡化般，或許也有關係，那朦朧的照片除了可以看出是大阪富裕商家婦人的氣質之外，雖然美麗卻沒有明顯的個性閃光，感覺印象稀薄。年齡要說三十七歲也像，要說二十七八歲也未嘗不可。此時的春琴女雙眼失明已歷經二十多年，但與其說是盲目不如說看來像閉著眼睛一般。過去佐藤春夫[*6]曾經說過聾者看來像愚人，而盲人看來則像智者。因爲聾者想聽清楚別人說的話而皺起眉頭張開嘴巴睜大眼睛歪著脖子抬起頭來，好像有點痴呆的樣子，然而盲人則安靜端坐微微低頭，彷彿瞑目沉思般，因此總顯得像是深思熟慮的模樣。到底一般說來是否這樣，雖然不得而知，不過有一點是佛陀菩薩的眼睛，有所謂以慈悲慧眼俯視眾生的慈眼總是半閉的，因此看慣之後也許我們就覺得與其張開的眼睛不如閉上的眼睛顯得慈悲感恩，有時甚至帶有敬畏之意吧。於是春琴女閉著的眼瞼便也令人感覺像格外溫柔優雅的女人，或膜拜舊畫像的觀世音般幽微慈悲。據說春琴女的照片前前後後僅有這一張而已。她幼年時照相術尚未輸入，拍攝此一照片的同年又因偶然遇到災難，從此之後應該是絕對不再拍照了。因此我們只能憑這一張朦朧的影像推想她的風貌別無他法。讀者讀過上述說明之後，腦海將浮現何許容貌，恐怕唯有意猶未盡的模糊形象吧，假定能夠實際看到照片也可能無法更清晰明瞭，或許照片還比讀者的空想更模糊不清也未可知。回想起來她拍完這張照片那年也就是春琴女三十七歲之際，檢校不久也成爲盲人，因而可以想成檢校在世間最後所看到她的容貌也就是這樣的形象了。那麼晚年留存檢校記憶中她的容顏可能也像這張照片一般模糊不清的程度也不一定。或者逐漸淡化的記憶仍憑著空想加以逐一補充而塑造成和這張照片全然相異的另一位高貴女子也不一定。

◇

《春琴傳》繼續說，「雙親視琴女如掌上明珠，唯獨寵愛此兒有加，超越其他兄妹五人，然琴女九歲時不幸染眼疾，不久兩眼遂完全失明，父母非常悲嘆，母親因吾兒可憐而怨天尤人，一時之間幾近瘋狂。春琴從此只得對舞技斷念，終於專心勵志勤練三絃琴藝，一心志向絲竹之道」。說到春琴的眼疾到底因何緣故並不清楚，傳記中除此之外也沒有多加記載，不過後來檢校對人說道這眞是樹大招風，師傳無論才貌藝能皆高人一等，因而一生之中兩度遭人嫉妒，師傅的不幸命運都因這兩次災難，思想起來其中恐怕暗藏隱情。檢校又說師傅得的是風眼。春琴女因深受寵愛長大，難免有些驕傲的地方，不過言語舉動充滿可愛嬌美，對手下僕人都體貼有加，個性開朗豪爽，待人和善親切，兄妹和睦一家人都和她親密相處，唯有跟隨最幼小妹妹的乳母認為雙親太過偏愛於她而頗為憤慨，因而暗中懷恨琴女。所謂風眼正如大家所知乃花柳病的黴菌侵入眼中黏膜時所生的眼疾，因此檢校話中含意，似乎暗指此乃乳母以某種手段令她失明。然而這到底是確有根據而言或只是檢校一人自己憑想像而說的並不清楚。從她往後歲月性情激烈的氣象觀察或許可以猜測這樣的事實對她的個性造成頗大影響也未可知。不過並不限於這件事情，在檢校說法中或許有因過於感嘆春琴女的不幸，而在不知不覺間生出傷害或埋怨他人的傾向，不宜一概貿然輕信，有關乳母一事也恐怕只是揣摩臆測而已。總之在這裡特地不再過問原因，只要記得九歲時成為盲目便已足夠。於是「從此以後春琴只得對舞技斷念，專心勵志勤練三絃琴，一心志向絲竹之道」。換句話說春琴女的心思轉向沉潛於音曲方面是因為失明的結果，她自己也知道自己眞正的天分在於舞蹈，據說她常向檢校述說心懷，有人誇讚我的琴與三味線[*7]是因爲對我有所不知，如果眼睛看得見的話，自己絕對不會往音曲的方向走。這乍聽起來言下之意似乎一半也像在說連自己原不擅長的音曲都能有此成就了何況其他，由此也可窺見她傲慢的一端。無論這話是否多少也經過檢校加以一番修飾，不過至少她任憑一時情緒有感而發的隻字片語，他都感銘在心仔細聽取，一味認爲由此可見這話具有重大意義，足以證明她有多麼非凡，或許不無這樣的嫌疑。前面所提住在萩之茶屋的老婦人名叫鴫澤照，是生田流的勾当[*8]，這人長久跟隨春琴晚年與溫井檢校左右，她說雖然據說師傅（指春琴）擅長舞藝，但她的琴和三味線也是從五六歲時就開始請一位名爲春松的檢校指導，從此以後一直繼續勤練，因此並不是成爲盲目之後才開始學習音曲之道的，當時的習慣好人家的姑娘都從很早就開始學習才藝。我知道師傅在十歲的時候光聽到那首非常困難的〈殘月〉[*9]名曲就能暗記下來然後獨自以三味線試彈出來。如此看來音曲方面應該是她與生俱來的天賦異稟，實在不是一般常人所能模仿得來的。只是盲目之後沒有其他娛樂便更深一層地走入這條道路，全副精神都專注在上面了。可能這種說法比較眞實，因此她的眞正才華其實可能一開始就已經表現在音樂方面，至於舞蹈方面到底達到何許程度反而令人存疑。

◇

雖然全副精力都貫注到音曲之道，但因爲她的身分並不需要擔心生計問題，因此最初可能沒有考慮到要以這個爲職業，後來她會以琴曲師傅自立門戶其實是另有原因，就算這樣往後她也並不以琴藝維持生計，每月從道修町本家送來的錢就已經多得無法比的程度，然而因爲她的驕奢浪費，以至於入不敷出。那麼剛開始可能並沒有特別爲將來打算，只是純粹任憑喜歡，就一心努力精研琴技，然而天賦異稟加上熱心精研，因此據載「十五歲時春琴的技藝已有大幅進步超越同儕之輩，同門弟子之中竟無一人實力可與春琴比肩者」恐怕也是事實。鴫澤勾当又道師傅經常相當自豪地說春松檢校雖然是教授相當嚴格的人，不過我自己從來沒有感覺受到斥責，反而是受到褒獎的時候比較多，我每次去上課師傅都親自爲我指導眞是非常親切溫和，我眞不明白害怕師傅的人是什麼樣的心情。說起來春琴之所以會不知道什麼是修行之苦而能修練達到那樣不凡的境界，應該還是具有天賦異稟吧。因爲春琴是鵙屋世家的千金小姐，再怎麼嚴格的師傅都不可能像爲了教育想成藝人的孩子般，以激烈的待遇施加在她身上，或許只稍用幾分心力指點而已，加上她生於富裕之家卻不幸成爲盲目，爲師的可憐少女庇護之情在所難免，不過更重要的是師傅檢校也愛惜她的才華，爲她傾心著迷。關心春琴的身體比自己親生兒女更甚，偶有微恙缺席時，還會立即派人到道修町去或自己拄杖前去探望。經常以擁有春琴這樣的弟子爲榮，向人誇讚有加，當著大群聚集前來學琴的藝妓門徒們公然說道，你們要以鵙屋糸桑的琴藝作榜樣（注：大阪稱呼「小姐」爲「糸桑」或「朵桑」尤其特別稱呼姊妹中的妹妹小姑娘爲「小糸桑」或「可依桑」以有別於大姑娘，現在依然這樣。春松檢校也曾經親手指導過春琴的姊姊，和他們家庭頗爲親近，因此如此稱呼春琴吧）。不久之後必須靠這一技之長維持生計的眾學姊們竟然不如一個初學的小糸學妹說來不免感到心虛。又如有人埋怨師傅太過於憐惜照顧春琴時，他怎麼說呢？他道爲師者教授時嚴格是爲學生設想，我不責備這孩子才是不夠親切，這孩子天性對琴藝之道聰明穎悟，因此放任不管也自然能進步到該進步的程度，如果眞正用心督促的話會更加速使她成爲後生可畏的弟子，讓將以此爲本業的其他弟子同感難堪，何必對一個生長在好人家不必爲生計憂慮的姑娘家那麼嚴格教導呢，不如對生性遲鈍的人多加一份心力使其成材，將來好獨當一面自力更生，你們怎麼這樣不瞭解我的用心呢。

◇

春松檢校家在靭的地方，距離道修町鵙屋的老舖大約有十丁[*10]左右，春琴每天由小學徒牽著手走路去上課。說到這位學徒就是當時被稱爲佐助的少年，也就是後來的溫井檢校，他和春琴的因緣就是從這時結下來的。佐助正如之前所述生於江州日野，老家同樣也經營藥材舖，父親和祖父在年少學習時代也都曾來到大阪在鵙屋當過丁稚*11學徒，因此鵙屋對佐助來說可以稱得上是歷代主人家。他比春琴大四歲，十三歲時開始來當學徒，因此當時春琴九歲，也就是正當她失明那年，不過他來的時候是在春琴美麗的瞳孔已經永遠閉鎖之後了。佐助對這件事情，一直到往後的歲月都不曾因為未能看過一次春琴的眼瞳之光而有所遺憾，反而當作是幸福。如果知道失明之前的容貌的話，或許會感覺失明後的容顏顯得不夠完美，幸而對她的容貌沒有感到任何一點不足的地方，在他看來從一開始那就顯得是圓滿具足的了。

今天大阪上流家庭都爭相將宅邸遷往郊外，名媛們也習慣於親近各類運動，接觸野外的空氣和日光，因此像以前那樣深居簡出的閨秀佳人式女孩已經不再存在了。現在住在市區的孩子們一般說來體格比較纖弱臉色也大多蒼白，相較之下與鄉下成長的少男少女膚色明顯不同，說得好聽一點是不土氣，說得不好聽是顯得有點病態。這並不只限於大阪，而是都會共通擁有的特性，不過江戶也就是東京女孩甚至還以膚色稍黑引以自豪，因此膚色不及京阪地區白皙，大阪世家出身的少爺們就像在戲劇裡演出的年輕主角那樣纖柔精緻骨架細小，到了三十歲前後臉上膚色漸漸曬成赭紅色脂肪增厚，身體忽然開始粗壯起來儼然出落成紳士的富泰模樣，到那個時分之前都一直擁有和婦女同樣的白皙膚色，穿著喜好也相當偏愛柔弱的東西。何況生於舊幕府時代的富裕商家，住在不很健康的深奧居室內垂簾深閨中的小姐名媛們，在從鄉下初來乍到的佐助少年眼中看來，那幾近透明的白皙蒼白與纖秀細緻不知道有多吸引人，有多妖艷。當時春琴的姊姊十二歲、下面的妹妹六歲，對於突然出現在這家裡的佐助來說，都是以前鄉下難得一見的少女，其中盲目的春琴不可思議的氣質韻味，更可以說令他無比傾心。他覺得春琴緊閉的眼瞼比姊妹們睜開的眼睛顯得更明亮美麗。以他看來這張臉非要這樣不可，這就是本來天生的模樣。四千金中春琴長得最貌美評語最佳。一般人可能會想就算這是事實，恐怕也有幾分是出於憐憫與惋惜她的殘缺所添加的感情因素所致吧，不過對佐助卻不然。日後佐助最討厭人家說自己對春琴的愛慕是因同情或憐憫所生，居然有人這樣觀察讓他感覺非常遺憾。我看到師傅的容顏從來沒有一次感到可憐或可悲過，他說和師傅比起來眼明的人反而悲慘，師傅那樣的氣宇和容貌何需別人來可憐呢，如果覺得我佐助可悲，而可憐我這個粗人的話，我反而覺得眼睛鼻子具全無缺，其他事情卻沒有一件能及得上師傅的我們反倒殘缺不全呢。不過那是後來的事了。想必佐助最初一面內心深處祕密暗藏著燃燒般的崇拜之念，一面小心翼翼體貼入微地服侍著小姐，可能還沒有所謂戀愛的自覺，就算有，也因爲對方是天眞純潔的千金又是歷代主人家的小姐，對佐助來說或許被賦予隨身侍候小姐的任務，能夠每天一起走在路上已經是一種起碼的安慰了。以新來乍到的少年身分，居然能被任命幫千金小姐牽手這樣的重任似乎很奇怪，不過最初並不限於佐助，有時是由女傭陪伴去上課，有時是由其他學徒或夥計陪同，各種情況都有過，但有一天春琴忽然說道「我要佐助陪我去」於是從此以後才固定由佐助負責這個任務，那是佐助上了十四歲的時候。他一面感到無上的光榮，一面總是將春琴的小手握在自己的掌中，走過十丁左右的路程到春松檢校家去上日課，等到練琴完畢後再帶她回家。在路上春琴絕少說話，只要小姐不開口，佐助也就默默無言，只管小心注意不要犯錯而已。如果有人問起「爲什麼小姐要指定由佐助來做呢」，春琴便回答道「因爲他比誰都老實，不多廢話」。雖然正如前面所述，本來她是富有同情心而待人親切熱絡的，但自從失明之後脾氣開始彆扭起來，心情變得陰鬱沉重，不再常發出開朗笑聲，開口說話的次數也逐漸減少，因此她或許看上佐助不多廢話只顧認眞做事不妨礙別人的地方吧（據說佐助並不喜歡看到她的笑臉，因爲盲人笑的時候多半是疏忽大意一時糊塗的時候，反而顯得可憐，佐助也許感情上受不了這個）。

◇

因爲不多廢話不妨礙別人，這話說來到底是春琴的眞心，還是佐助對她憧憬愛慕的一念，已經模糊地傳達給她，即使還只是個孩子卻已暗暗感到欣喜。雖然十歲的少女應該還不至於這樣，不過敏感而早熟加上盲目的結果，第六感神經已經研磨得更敏銳了也不一定，這並不能算是太離譜的想像。氣性高潔的春琴，後來即使開始意識到戀愛的感覺之後，仍然不輕易敞開心中祕密，長久之間沒有容許佐助接近。雖然如此其中就算有若干疑問，但總而言之剛開始佐助這個人幾乎在春琴的念頭中彷彿不存在一般，至少在佐助看來是這樣。在牽手的時候佐助把左手舉到春琴肩膀的高度，掌心向上，讓她的右手掌可以搭在上面，對春琴來說佐助這個人似乎只是一個手掌而已，偶爾需要用到時，也只以手勢表示或皺一下眉頭或像叫人猜謎般喃喃自語一番，反正並不明白說出過來呀的意思，如果沒有注意到她這樣的意向，她一定會心情不好，因此佐助不得不緊張地隨時注意著春琴臉上的表情和動作，唯恐稍有疏忽看漏，感覺就像自己小心注意的程度被考驗著一般。本來就是大小姐出身，向來被寵慣了總是隨心所欲，加上盲人特有的愛刁難，不容許佐助有片刻的疏忽。有一次在春松檢校家等候輪到指導順序之間，忽然不見了春琴的蹤影，佐助驚慌地四處尋找，原來在不知不覺間她去了廁所。每次要上小號時，春琴總是默默地出去，他一發現之後一面追上一面牽著她的手帶她到門口，在那裡等著，再爲她舀水洗手。今天佐助卻一時糊塗，於是她就自己一個人摸索著去了。「眞對不起小姐」佐助一面顫著聲音說，一面跑到已經從廁所出來正伸手要拿起水杓柄的少女面前。然而春琴卻一勁說「不用了」還搖著頭。但這種情況就算對方說道「不用了」也不能說「是嗎」就此退下。往後會更糟糕，因此就算勉強也要趕快搶過杓柄來爲她澆水洗手，才算是懂得竅門。此外有一次夏天的午後正在順序等候指導時，他恭恭敬敬地坐在後方，聽到她喃喃自語著「好熱」於是試著親切地應道「是啊，眞的好熱噢」並沒有其他反應，過一會兒她又再說「好熱」，他這才會過意來，取出隨身攜帶的團扇從背後幫她搧涼，這才似乎滿意的樣子，中途若稍微停頓一下，她立刻又連說「好熱」。春琴就是這樣倔強任性，不過這也只有對佐助時特別明顯，並不是對任何學徒都這樣。因爲她本來有這樣的素質，佐助則刻意迎合她的意思，所以這種傾向就只對他變得更爲極端，她覺得佐助最方便差使的原因也在這裡，佐助並不以這爲苦差事，反而甘之如飴，樂於爲她服務，或許已將她的特別刁難視爲撒嬌，彷彿當成一種恩寵般來理解並承受著。

◇

春松檢校指導弟子琴藝的房間在後方的樓中樓上，因此順序輪到時佐助會引導春琴走上樓梯讓她在檢校對面的席位上端正坐定，把琴和三味線擺放在她前面，自己則暫時退到樓下候客室等待練琴結束，才再度上前迎接。即使在等候的時候也毫不疏忽，一直注意側耳傾聽是否下課了，要是結束了不必等人呼喚就立刻站起來走上前去，因此春琴所學習的音曲會自然而然聽進他耳裡去也是有原因的。佐助的音樂興趣就是這樣漸漸培養起來的。往後的年歲能夠成爲一流大師，自然也有天生才華吧，不過如果沒有被賦予服侍年輕春琴的機會，而且沒有跟著她，想與她同化的熱烈愛情的話，或許佐助就只能從鵙屋家分得一塊暖簾招牌返鄉去當起一介藥材商度過平凡一生吧，後來成爲盲目並被尊稱檢校之後，還經常謙稱自己的技藝遠不及春琴，自己的一切全都由於師傅的啓發才能達到今日的地步。將春琴捧到九天之高，自己則後退百步甚至兩百步，正因佐助是如此謙虛，所以他的話不能完全照樣聽取，技藝的優劣姑且不論，不過春琴比較屬於天才型佐助則屬於刻苦精勵的努力家，這點應該沒錯。他當時很想悄悄買一把三味線，於是把主人家每次給的津貼或出差時領到的祝儀小費等都積蓄起來，從他十四歲那年年底開始到第二年夏天，終於存夠錢可以買到一把簡陋的三味線，爲了怕被掌櫃的責罵而把琴的棹和胴分別拆開悄悄帶進天花板底下的閣樓寢室裡去。每天深夜等同伴夥計們都已熟睡安靜下來之後，才獨自開始練琴。但是當初，是以繼承父祖事業爲目的來到這裡當丁稚奉公寄居學徒身分的，並沒有想到將來會以琴藝爲本職正業，既沒有這樣的覺悟也沒有這樣的自信，純粹只因對春琴太過於忠心，以至於她所喜好的東西自己也想喜好的結果使然，並沒有居心要以這當作獲取她愛意的手段，這可以從對她也極度保密這點可以證明。佐助與五六個夥計與學徒一起睡在站起來都會頂到頭的低矮狹窄房間，因此他以不妨礙他們睡眠爲條件拜託他們代爲保密。那些年輕學徒們正値睡多少都嫌不夠的年紀，一搭到床立刻就睡熟了，所以並沒有人抱怨。不過佐助卻等大家睡熟之後才悄悄起床，躲進棉被都已搬出來後的壁櫥裡練琴。就算不這樣，天棚底下已經夠悶熱了，何況壁櫥裡的夏夜想必格外悶熱。不過唯有這樣才能防止琴音外洩，也方便阻隔鼾聲囈語等外部聲響。當然不能用琴拔子彈只能在沒有燈火的完全漆黑中摸索著用手指輕輕撥彈。但對這黑暗佐助一點也不感覺不方便，因爲盲人經常都處在這樣的黑暗中，一想到小姐也是在這樣的黑暗中彈著三味線時，便覺得自己也同樣置身於黑暗世界是至高無上的快樂。後來被容許能公然練習琴藝之後，也覺得如果不和小姐一樣的話很過意不去，因此在拿起樂器時閉上眼睛已經成爲他的怪癖，換句話說，一方面雖然是眼睛明亮的人卻想和盲目的春琴嘗試同樣的苦難，想盡可能體驗盲人不方便不自由的生涯處境，有時竟如同羨慕盲人一般，這樣的他往後的歲月會眞正成爲盲人其實是從少年時代開始就有這樣的用心所影響的吧，因此試想起來其實也不完全是偶然。

◇

無論任何樂器要達到登峰造極的深奧造詣也許都一樣困難，尤其小提琴和三味線的指位沒有任何印記，而且每次彈奏之前都一定必須事先調音，因此要達到能夠從頭到尾完整彈奏的程度並不容易，最不適合自修獨學，何況在沒有音譜的時代，就算是從師學習普通也有「琴需三月，三味線三年」的說法。佐助自然沒有錢可以買琴這樣昂貴的樂器，何況體積太大，首先要悄悄搬進店裡就行不通。因此從三味線開始學起，調音倒是一開始就會了，那至少表示他與生俱來聽音判別的音感比一般人敏銳，此外也足以證明平素跟隨春琴到檢校家等候之間，是如何仔細傾聽別人練習的。舉凡調子的區別、曲子的文詞、聲音的高低、段落音節迴轉的抑揚頓挫等，全都不得不依賴他的耳朵仔細聽取並暗中記憶下來，除此之外沒有任何可以憑藉依賴的。如此這般從十五歲夏天開始，大約半年之間幸而除了同寢室的夥伴們之外，在誰也不知道的情況下安然度過，然而到了那年冬天卻發生了一件事情，有一夜據說是在天將亮也就是冬天清晨四點左右還黑漆漆如同半夜的時刻，鵙屋家的夫人也就是春琴的母親茂女，忽然起來上廁所時，聽到不知從何處傳來〈雪〉的曲子[*12]。從前有所謂「寒稽古」寒天練功的說法，就是指在寒冷的深夜天色由黑暗開始轉成微明的時分，浴著刺骨寒風苦練琴藝的習慣，然而道修町原來是藥材商多的區域，嚴守禮儀的店舖櫛比鱗次，並未有遊藝師傅或藝人之類居住的地方，沒有一家色藝行業的人家混雜其間。何況靜悄悄的深更半夜裡，以寒稽古來說時刻也太突兀了，通常寒稽古會拚命發出琴拔撥彈的高昂聲音，然而這卻是用手指輕輕撫彈的，而且同一段落一直重複練到滿意爲止，反覆練習的熱心程度令人感動。鵙屋家夫人雖然驚訝，當時卻並沒有太在意便又回去就寢了，然而過後有兩三次同樣在深夜起床時，每次都再聽到。有人道，這麼說來我也聽過啊，到底是在哪裡彈的呢？也有人說恐怕也不像是貍貓敲腹鼓[*13]。在店員們不知不覺時，深閨後苑的婦人們之間已經傳爲話題。如果佐助還像夏天以來那樣一直還躲在壁櫥裡練習也就罷了，然而因爲誰也沒注意到因此漸漸大膽起來，加上在極其忙碌的公餘之暇還縮短睡眠時間偷偷練習，因此睡眠不足的情況逐漸長期累積下來後，在溫暖的地方練琴時終究難免要打瞌睡，因此從秋末時分開始，每天深夜便悄悄走出曬物台去彈。每次都在夜晚子時前也就是晚上十時後和店員們一起就寢，凌晨三時左右醒過來抱起三味線走出曬物台，這樣讓冷冷的夜氣直接吹觸肌膚，繼續獨自練琴，直到東方開始微微泛白的時刻才又再回去睡一下。春琴的母親所聽到的就是這個。其實佐助悄悄走出去的曬物台就在店鋪的屋頂，因此可能隔著中前栽[*14]的後苑婦人在打開走廊的遮雨板門時反而要比店員們更容易聽到那聲音。在夫人的注意之下，店員們調查的結果，才知道原來是佐助彈的。於是被叫到大掌櫃的面前，難免吃一頓白眼，並訓斥他以後斷然不可再犯，否則絕不善罷干休，看來三味線當然也要被沒收了，就在這時候卻有人意外地對他伸出援手，後面傳話過來，說想暫且先聽聽他能彈到什麼程度，而且帶頭倡議的竟然就是春琴。本來佐助心想這件事若讓春琴知道必然會惹她不高興，自己不過被賦予牽手任務而已，如果不懂得嚴守身為丁稚學徒的分際，隨便任性胡為的話，不是被忽視抹殺就是被嘲笑而已，無論如何都沒有好事，他只一味懷著戒慎恐懼的心情，叫他「暫且彈來聽聽」反而讓他感到膽怯畏縮。如果自己的誠意能感動上天讓小姐心動固然可喜，就怕只想讓他當眾出醜成為全場的笑柄，他只能想到這或許只是半帶消遣解悶性質的惡作劇，何況還不夠自信能在眾人面前獻醜。不過春琴一旦出口說要聽了，當然也不容許他辭退，何況母親和姊妹們也在好奇心驅使下都想一聽，終於被叫到後面房間去披露他獨自學習的結果。這對他來說眞是隆重的場面。當時佐助總算學會能夠熟練彈奏五六首曲子，既然吩咐他把所會的全彈來聽聽，於是他只好鼓起勇氣聚精會神地盡全副心力彈出包括〈黑髮〉[*15]那樣溫柔的曲子，和〈茶音頭〉[*16]那樣困難的曲子，本來沒有任何規則可循只能憑著旁聽來的照彈而已，自然有一些地方記得不很牢靠，然而鵙屋家的人或許正如佐助所推測的那樣，原來只打算當作笑話一般聽過去的，然而在短時間內光憑自修苦練不但能彈出基本曲調，連婉轉的抑揚頓挫也彈了出來，大家聽過之後無不感到佩服。

◇

《春琴傳》上曰「當時春琴憐惜佐助之志，於是說道汝之熱心可嘉，以後便由妾來教導，汝若有餘暇即可經常以妾為師勤加練習，春琴之父安左衛門也終於應允，佐助心情有如升天一般，除克盡丁稚本分勤服業務之外，每日限於一定時間必接受指導未曾間斷。如此十一歲之少女與十五歲之少年今於主從之上更結師徒之契誠然可喜可賀」。脾氣難纏的春琴對佐助為何忽然顯示出如此溫情呢？其實據說並非出於春琴主動本意，而是周圍眾人這樣刻意安排的。試想想盲目的少女就算生在幸福家庭裡，總難免動輒容易陷入孤獨變得憂鬱起來，因此父母親不用說就是手下的女傭們也對她難以應付，都苦心積慮想盡辦法希望能安慰她讓她開心，這時碰巧知道佐助和她興趣相同。後苑侍候小姐的婦人們大多因小姐的任性而束手無策，心想不如把這任務推給佐助讓他來當小姐的對手，她們自己的負擔也可以減輕一些，看來佐助也眞是個不尋常的奇人，如果讓小姐來教導他不知道會怎麼樣，想必他本人也會感到無上幸運而滿心歡喜吧，因而試著往這個方向誘導。但如果過分慫恿的話，又恐怕性情彆扭的春琴未必會聽從周圍人的安排，不過她到了這個時候果然也開始覺得佐助不討人厭，內心深處可能已經開始湧出春水了也未可知。不管怎麼樣她能說出要收佐助爲徒弟，對父母兄妹和所有家僕們來說都是求之不得的事情。雖說是天才兒童也不過才十一歲的女師傅到底能不能教人倒也不必深究，只要這樣做能消解她的無聊，旁邊的人就幫襯著玩起「扮學校」似的遊戲，而指派佐助當她的對手。因此與其說是爲了佐助不如說是爲了春琴設想，不過從結果看來，佐助得到的恩澤卻遠多得多。傳上雖然寫道「除克盡丁稚本分勤服業務之外，每日限於一定時間」，不過到目前爲止，每天負責牽手帶路一整天中已經有幾小時是爲小姐服務了，現在又加上被叫到小姐房間去接受音曲課程，那麼恐怕已經沒有多少空暇時間能夠回頭照顧店裡的工作了吧。安左衛門把人家託付於他本來預定培養成商人的孩子指派來守護陪伴自己的女兒，似乎對不起人家家鄉的父老，雖然也曾有過這層顧慮，不過與其擔心一個學徒的將來，不如討好春琴的歡心更重要，何況佐助自己也這樣希望，既然如此就暫且這樣以後再說吧，可能就這樣變成默許的形式了。佐助稱呼小姐爲師傅就是從這時候開始的，春琴命令他平常稱呼「小姐」就可以，但上課的時候一定要這樣稱呼，而且她也不再稱呼「佐助仔」而直接叫「佐助」，一切都仿照春松檢校對待入門弟子的模樣嚴格執行師徒之禮。就這樣正如大人們所企圖的那樣，天眞地「扮學校」遊戲繼續下去，春琴在這忙碌之中也漸漸忘了孤獨感，兩個人往後日積月累更沒有要停止這遊戲的模樣，反而在兩三年後教的一方與被教的一方都逐漸脫離遊戲的領域，開始認眞起來。春琴的日課是在下午二時左右去到位於靭這地方的檢校家去接受三十分鐘到一小時的練琴指導，回到家來直到日暮爲止把學來的功課再度練習過。到了用過晚餐之後，有時心血來潮便把佐助叫到二樓起居室去教授，後來終於變成每天從不缺少的教法，有時甚至到九點十點還不放過，「佐助，我這樣教過你嗎？」「不行，不行，一定要一直練到會爲止，否則你就給我練到天亮吧！」凶悍斥責的聲音屢屢傳到樓下，讓侍候的下人們大吃一驚，有時這幼小的女師傅還會一面罵著「笨蛋，你怎麼老記不得呢～嗯？」一面拿起琴拔來打弟子的頭，而弟子甚至哭出聲來也不稀奇。

◇

從前教授遊藝人技藝也曾用過水深火熱激烈淒厲的苦練法，對弟子往往施加體罰是眾所周知的事實。從這年（昭和八年）二月十二日大阪《朝日新聞》星期日的版面上有標題爲「人形淨瑠璃[*17]的血淋淋修業」小倉敬二君所寫的記載上看來，攝津大掾[*18]故後的名人第三代越路太夫[*19]的眉間留下一道狀如新月般的大傷痕。據說就是由師傅豐澤團七[20]一面斥責「要到什麼時候才會記得啊」一面用琴拔戳倒他時所留下的紀念，又文樂座[21]的人形師傅吉田玉次郎的後頭部也有同樣的傷痕。玉次郎年輕時候在演練〈阿波之鳴門〉[22]時，他的師傅大名人吉田玉造[23]操使捕抓犯人十郎兵衛的情節，由玉次郎操使那傀儡人形的腳部，正當該極準確表達的關鍵時刻，十郎兵衛的腳卻怎麼也無法操使得讓師傅玉造滿意。於是師傅一轉身怒斥道「笨蛋」便忽然把正操使著的人形用刀往他後頭部喀一下，如今那刀痕還未消失。而且打了玉次郎的玉造自己過去也曾經被他師傅金四[24]用十郎兵衛的人形敲破頭，連那人形都被血染成鮮紅。他請求師傅把那血淋淋破碎彈起的人形的腳賜給他，還用白棉布包纏起來收進白木箱裡，時時拿出來如同在慈母靈前叩頭般珍惜膜拜，並常對人哭訴道「如果沒有這個人形的責打，我可能一生也只不過是個庸庸碌碌平平凡凡的藝人而已」。前代大隅太夫[25]修業時代，猛一見像牛一般鈍重，因此被稱爲「遲鈍」，他的師傅是著名的豐澤團平[26]俗稱「大團平」，是近代三味線巨匠，有一次在一個悶熱的夏夜，這位大隅正在師傅家接受指導《木下蔭挾合戰》[27]的「壬生村」段落演練時，在演到「護身符乃遺物也」一節時，怎麼都不順利，無法巧妙說唱，一再反覆練習，不管練多少次，師傅還是不肯罷休，師傅團平在懸掛的蚊帳裡聽著，卻讓大隅繼續任憑蚊子吸血，一百次、兩百次、三百次無止盡地不停反覆演練之間，夏天天亮得早，天色都已經開始泛白，師傅大概也累了，不知不覺已經睡著了吧，就算這樣只要師傅沒說一聲「行了」，「遲鈍」也就發揮他那特色，一直拚命耐心地持續重新再練，一次又一次地練，終於從蚊帳裡傳來一聲師傅團平的聲音「行了」，看來好像睡著其實師傅卻連打一下盹都沒有地仔細聽著。像這類逸事插曲眞是不勝枚舉。並不限於淨瑠璃的太夫和傀儡人形操演師傅而已，就是生田流的琴和三味線的傳授也同樣嚴謹。而且這方面的師傅大多是盲人檢校，很多人擁有殘障者經常特有的偏執，容易傾向殘酷苛刻。春琴的師傅春松檢校的教授法向來也以嚴格聞名，正如前面所述動輒怒罵或伸手打人。盲人的情形通常往往學的一方和教的一方都是盲人，被師傅斥責或打罵時，每次往往會稍微往後退縮一點，有人竟抱著三味線從樓中樓的二樓樓梯滾下來跌倒引起一陣騷動。後來春琴掛起琴曲教室招牌開始招收徒弟之後，教學演練情形也以嚴厲峻烈聞名，顯然沿襲了先師的教授方法，不是沒有來由的。不過這在教佐助的時代已經開始萌芽了，換句話說從幼小的女師傅的遊戲開始逐漸進化爲眞正的師徒關係。說起來或許男師傅責打弟子的例子很多，但女師傅毆打男弟子像春琴這樣的情形倒是少見。試想想這或許有幾分嗜虐性傾向，也許假託教授琴藝而享受著一種變態的性慾快感也不一定。是否果眞如此？事到如今已經很難斷定，唯一明白的只有一件事情，小孩子玩遊戲的時候一定會模仿大人，然而她因爲深得檢校疼愛，所以自己肉體並未嚐過被痛毆的經驗，只是知道日常師傅的流儀認爲當師傅的本該如此，幼小的心裡已經這樣認定，在遊戲的時候便早早模仿檢校也是自然的，後來或許更進一步漸漸演變成習性吧。

◇

可能佐助原來就是個愛哭鬼，據說每次被小姐責打時總會哭出聲來。而且眞不中用地大聲咿咿地哭，因此旁邊的人總是皺起眉頭來說「又開始被小姐責打了」。

剛開始只是把他充當陪小姐玩遊戲的對象而已的大人們，到了這個地步卻感到非常困惑。每天晚上光是琴和三味線的聲音就要聽到深夜，已經是夠吵人了，現在偶爾還加上飛來春琴語調激怒的斥責聲和佐助的哭聲，到深更半夜還經常傳來。這樣佐助也怪可憐的，最重要的是對小姐也沒有好處。有些女傭實在看不過去於是到練琴現場去從旁勸道小姐怎麼回事呢？這樣有失體統噢，別對男孩子太過分才好啊，這樣勸阻時，春琴反而更加正襟嚴肅地說，你們懂什麼？少管閒事！這樣威嚴地嚇阻道，我可是認眞在教他哪，不是在玩耍的，我就是爲了佐助著想才這樣拚命努力呀，不管我多生氣多虐待他，練琴就是練琴，這你們還不懂嗎？這在《春琴傳》中有明白記載「汝等莫以妾爲少女而侮蔑吾，竟敢冒犯藝道之神聖，縱然年幼苟若教人即爲人師，師有師道，妾授佐助琴技素來非以一時兒戲，佐助生來雖好音曲，然以丁稚之身難以拜堂堂檢校爲師，如若任其獨學又頗爲憐憫，妾雖未臻成熟，仍代爲師，但望達成其所願也，汝等有所不知，當速速由此退下」，這樣毅然放話下來，聽者往往恐懼於她的威容，驚訝於她的辯舌，只得唯唯諾諾地當場退下。由此可以想像春琴的認眞投入和威嚴十足。佐助雖然會哭，不過聽到她這一番話也感到無上的感謝。他的哭不僅爲了忍受辛苦，同時也包含有對賴以依靠的亦師亦主少女的鼓勵含有感激的眼淚在內，因此不管遭遇多痛的待遇都不會逃避，總是一面哭一面練到最後聽到春琴說一聲「好了」爲止。春琴平日有心情好和心情不好的時候，嘴巴囉嗦嘮嘮叨叨時還算是好的，就怕她一言不發，默不作聲，只皺起那眉頭，用力撥響第三絃[28]，或讓佐助獨自彈著三味線，卻不置可否地一直靜靜聽著，這時候佐助才最想哭。有一天晚上正練習著〈茶音頭〉的手事[29]時，佐助一時未能領悟，老是記不得，練了幾次依然出錯，平常如果這樣的話，她一著急照例是會把自己的三味線放下來，呀，吉哩吉哩鏘、吉哩吉哩鏘、吉哩鏘吉哩鏘吉哩卡——吉咚、多茲多茲哩嗯、呀啦啦咚，這樣一面用右手使勁拍打膝蓋，一面用口唸三味線來教他的，這天卻默然無語放任不管。佐助一時慌張起來摸不著邊際，然而話雖如此，又不能就此停下來，於是硬著頭皮獨自想辦法怎麼彈，彈著彈著可老是彈下去卻聽不到她說一聲好了，這麼一來更加著急，更加荒腔走板，弄得他一身冷汗直冒，不管三七二十一只好胡亂彈一通，然而春琴不動聲色寂然如故，把那張嘴閉得更緊、眉頭鎖得更深，如此這般折騰了足足有兩個小時以上後，母親茂女穿著睡衣走上來說道，熱心也該有個程度啊，別把身子搞壞了，這樣勸解他們，把兩個人拉開。第二天春琴被喚到雙親跟前數落了一番，你想要教好佐助的心意固然很好，對弟子又是打又是罵的，本來像檢校先生做的那樣，大家容許，我們也容許，不過你再怎麼高明，說起來自己也還在向師傅學習，從現在開始不可以再這樣傲慢，否則一定會有所疏失，大凡藝術這種事，要是一有了心高氣傲的態度就不會進步了，何況你是個女兒家，這樣捉弄男子罵人家笨蛋，嘴巴不乾淨聽起來多難聽啊，這點你可要戒愼一點，從今以後要在一定的時間教，晚上不可練太久，夜深了就得停下來，佐助哀哀哭叫的聲音傳到大家耳裡，大夥兒也睡不安寧，困擾得很。向來從未說過重話的父親和母親也懇切地教訓起她來。春琴果然無法還嘴，雖然數落得有理不得不服氣，然而她只是表面順從而已，實際上並沒有太大的作用。反而挖苦佐助道，你也眞沒骨氣，堂堂男子漢居然爲一點小事，也不害臊，竟然大聲哭出來，聽起來多誇張，害我挨罵，如果藝道無法精進的話，就算痛徹身骨也要咬緊牙根忍著不出聲才是，要是辦不到的話，那我以後也拒絕再當你的師傅了。從此以後佐助不管多辛苦，都絕對不再發出聲音了。

◇

鵙屋家夫婦似乎略微感覺到女兒春琴自從失明以來逐漸變得壞心眼起來，加上開始教琴之後，甚至言語動作也漸漸粗暴起來。女兒得到佐助這個對象到底是好是壞？能夠取悅於她固然可喜，不過不管合不合理凡事全順著她，結果豈不更增長她的氣焰？將來眞不知道會長成脾氣多彆扭的女人？心中暗自煩惱。不知是否因此緣故，到了佐助十八歲那年冬天開始，在主人的刻意安排下，也讓他進入春松檢校的門下，就是中止了由春琴直接教授的方式。在父母的想法中，女兒扮演師傅的角色可能是最不妥當的辦法，這對女兒的品性可能造成不良影響。在這同時佐助的命運也因此而決定了。從此以後佐助完全解除丁稚的任務，名副其實成爲春琴的牽手，並以同門學弟的身分開始到檢校家練琴。不用說他本人是這樣希望的，安左衛門也向他家鄉的父母大力遊說，努力取得諒解。雖然讓他放棄成爲商人的目的是很可惜，不過代替的是對他未來的前途提供保證，一定不會捨棄不管，甚至可以推察話中的意思。想必安左衛門夫婦也爲春琴著想，而動了留下佐助當入贅女婿的念頭吧。以殘障不全的女兒來看，要想獲得條件對等的結婚對象並不容易，如果是佐助的話應該是求之不得的良緣，會這樣想也難怪。然而在那後年也就是春琴十六歲，佐助二十歲，父母親第一次暗示婚姻的話題時，卻意外被她不假思索地嚴峻拒絕了，她說自己一輩子都不想結婚，尤其是佐助更是想都沒有想過，說著心情非常不愉快。因此事情並沒有進展。從此過了一年，母親覺察到春琴身體有了不容忽視的變化，心想莫非是那樣不成，暗中觀察之下確實奇怪，要是開始明顯得引人注目之後傭人們的嘴巴可就難以堵住了，不如趁現在想辦法補救，也沒跟做父親的商量，便悄悄問她本人，卻回說完全不記得有這回事，既然這樣也不便再深究。於是心中一面仍不踏實，卻也只得暫時放任不管。約莫又過了一個月左右之間，事情已經到了無法掩飾的地步了。這次春琴倒是坦白承認懷孕了，卻不管怎麼問，她都堅不吐實，不肯透露對方是誰。勉強追問之下，只說互相約好了不透露姓名。問她是不是佐助時，卻始終一味否認，怎麼會是那樣一個當學徒的。雖然大家都暫且繼續懷疑應該是佐助，不過父母心想，去年春琴說過那樣的話了，應該不至於吧。而且如果有那樣的關係的話，應該很難在人前隱瞞得過，經驗淺薄的少女和少年不管裝得多麼若無其事，終究是會被識破才對，然而佐助自從成爲同門學弟之後，已經不再有機會像以前那樣與她對坐到深夜了，只偶爾像師兄弟那樣的形式練琴而已，其他時候她總是維持氣質高雅的大小姐姿態。對待佐助也不過以一個牽手人而已的態度，此外似乎沒有別的。佣人之間也不覺得他們兩人有什麼差錯的地方，反而感到他們未免太過於拘泥主從分際缺乏情趣的地步。但問佐助是否知道有哪位對象，想必一定是檢校門下的學生吧，佐助卻也堅持一種說法，就是毫不知情，自己不記得有什麼事情，更別說知道有誰可疑。不過這時候被叫到夫人跟前的佐助，態度戰戰兢兢的形跡可疑，不放心繼續追問之下，出現了答話前後矛盾的地方，說道其實說出來會被小姐罵，終於忍不住哭了出來。哎呀要袒護小姐固然是好，可是主人的吩咐你竟然不聽，這樣一味隱瞞下去反而對小姐不利呀，務必要把對方名字說出來看看。可是說酸了嘴，他還是不肯招出來。這樣一來結果對方就是當事人佐助本人了，從他的言外之音可以酌量這樣聽取，他口頭上絕不承認，因爲礙於和小姐有所約定無法明講，不過言下之意彷彿希望能夠諒察。鵙屋夫婦對於生米已經煮成熟飯了也無可奈何，總算是佐助的話，倒也幸虧。既然如此去年提議讓他們結緣時，卻爲什麼說出那樣口是心非的話，女孩子家的心意眞是難以捉摸，正在發愁之間總算是稍微放下心來。既然如此在大家把話傳開之前，趁早把他們送做堆比較好吧，然而再向春琴提起時，又說不願意這樣，去年已經說過不考慮佐助了，能爲我身體的不方便考慮固然很感激，不過不管身體多麼不方便還是不想招底下的人當夫婿，這對肚裡孩子的父親也過意不去，居然說得連臉色都變了，那麼問起那肚裡孩子的父親又是誰時，卻又道這點就請不要多問，反正我不打算和那個人在一起。這樣一來佐助的話又顯得可疑了，到底孰是孰非，眞是越發糊塗，傷透了腦筋，不過除了佐助之外也想不到有其他對象，事到如今事情實在尷尬爲難，或許因此而故意說出反對的話，也許事後會再吐露實情也不一定。就別再與她爭論了，暫且先送她到有馬[*30]去做溫泉療養，等孩子生下來再說吧。那是春琴十七歲的五月，佐助留在大阪，春琴由兩個女僕陪同在有馬住到十月，幸而喜獲麟兒，這嬰兒生下來容貌長得跟佐助一般模樣，總算終於解開了謎團，即使這樣春琴不但依然不肯聽從結親的建議，到現在還否認嬰兒的父親就是佐助。沒辦法只好把兩個人都找到跟前當面對質，春琴態度強硬屹立不移，佐助若說出稍有可疑的話，她立刻說，不對，這樣說反倒給我添麻煩，不記得有過的事就明白說沒有，這樣斬釘截鐵地堵住他的話，佐助只得步步退縮，怎麼可能對主人家小姐這樣呢，沒那回事，從小到大受到非比尋常的大恩大德，不可能做出那樣不知身分不檢點的事，這是莫須有的懷疑。接下來只好配合春琴的口風徹頭徹尾否認到底，這下子事情越發無法弄明白了。那麼難道生下來的孩子不可愛嗎，要是這麼逞強下去，總不能讓這孩子成爲沒有爹的孤兒，如果你硬要拒絕這門親事的話，孩子就算可憐也只好送到什麼地方去讓別人領養，除此之外沒有別的辦法了。本來想以孩子來逼她就範的，沒想到她竟說出，那就請便，送給別人吧，反正我一輩子都打算獨身下去，留下來也只有絆住我的手腳，竟然若無其事地這樣說。

◇

當時春琴所生的孩子就這樣被送到別處讓人領養了，那是弘化二年所生的，今天應該已經不在人世了，領養的去處也不得而知，總之應該是由雙親做了該做的安排處置吧。就這樣春琴終於堅持到底，將懷孕的事情含糊地埋葬掉，事後不知不覺又若無其事地讓佐助牽著手照常去練琴。當時她和佐助的關係幾乎已經成爲公然的祕密了，但是要讓他們正式在一起，當事人又一再否認，所以看來雙親知道自己女兒的脾氣，也就不得不採取默許的形式。如此無論主從關係、同門弟子或戀愛對象都不很明確的曖昧狀態繼續了二、三年後，春琴二十歲時，以春松檢校逝世爲一契機，開始獨立出來掛起琴師招牌，從父母家分出去另外在淀屋橋一帶置一棟房宅，同時佐助也跟了過去。原來她在檢校生前實力已經被認可，准許她隨時可以自立門戶開班授徒了。春松檢校取自己名字的一字爲她命名爲春琴，正式演奏時也常常讓她參與合奏，聲調高處由她來唱出，經常這樣拉拔提攜她，因此檢校去世後，終於能夠自立門戶也是理所當然的。然而以她的年齡境遇來觀察，是否有必要這樣俄然獨立呢？這可能因爲考慮到她與佐助的關係，已經成爲公然的祕密，兩個人一直處於曖昧狀態對下人們並非良好示範，因而採取讓他們同住在一棟宅子裡的方法，春琴自己對於這種程度的安排倒也沒有表示不服。當然佐助到了淀屋橋去之後，和以前所受到的待遇完全沒有兩樣，同樣始終還是個牽手的童子，而且因爲檢校已經過世，於是再度師事春琴，現在兩個人對誰都不用客氣，可以互相直接稱呼「師傅」和「佐助」了。春琴非常討厭和佐助被視爲夫婦，因此嚴格要求言語行動的細節都必須一一遵守主從禮儀和師徒分際。說話稱呼方式都有一定的規矩，若偶有違背，就是下跪磕頭道歉都不輕易原諒，會一直執拗地責怪他的無禮。因此據說那些不明底細的新來入門弟子，實在無從懷疑他們二人之間的關係。而在這樣的情況下，鵙屋家的僕人們卻在私下閒談，眞想悄悄偷聽看看小姐是以什麼樣的臉色向佐助求愛的？難道春琴是像這樣等候佐助嗎？只是大阪到今天婚禮中仍然極爲講究家世、資產、格式等等細節，比東京更講究，本來就是商家意識濃厚的地方風俗，封建時代的流風仍然令人堪憂，因此像春琴這樣無法捨棄生爲世家千金矜持的小姐們，會看輕代代家僕來歷的佐助，也許超過想像中的程度。又加上有盲目的偏執，不願意讓人看到自己的弱點被人輕視，有這種不服輸的旺盛好強心燃燒作祟也難怪。那麼她或許心想迎接佐助爲我的丈夫簡直就是侮辱我的人格嘛。不妨考察這些情況，換句話說與底下的人結下肉體關係會有羞恥感，反動之下可能反而裝出毫無關係的疏遠冷漠模樣。那麼春琴看待佐助難道除了生理上的必需之外，就沒有別的了嗎？或者在潛意識中是這樣也不一定。

◇

傳中有曰「春琴居常潔癖，不穿稍有沾染污垢的衣物，貼身內衣之類皆令每日換洗。又朝夕極度嚴密督促勵行居家掃除，每於起坐之間均一一試以手指觸摸坐墊蓆褥等之表面，若有絲毫塵埃亦感厭惡。嘗有門弟中人患有胃病者，口中有臭氣而不自覺，上師之前受教琴技，春琴照例鏗然彈響第三絃後便放下三味線，顰蹙而不發一語，門弟不知所措，誠惶誠恐再三追問原因之後，始曰妾雖盲目鼻嗅卻仍確實，速速去含漱再來也。」或許正因爲是盲人才會有如此潔癖，此外這樣的人正因盲目而使得周圍照顧她起居的人必須用心格外細密的程度也超越想像之外。所謂牽手這樣的角色，任務並不僅止於牽手帶路而已，但凡飲食起居、入浴上廁等日常生活的些微瑣事也都必須一一照應周全才行。而且佐助因爲從幼年開始就負責春琴的這些瑣事，對她的癖性早已心領神會習以爲常，除他之外別人終究難以達到令她滿意的地步。佐助在這方面對春琴來說毋寧是不可或缺的存在。而且以前還住在道修町的時分，還有雙親兄妹們照應，現在成爲一家之主之後潔癖加上任性，使得佐助的差事更加繁瑣。這是那位鴫澤照女士說的，果然在傳中並未記載。據她說師傅上過廁所出來也從來沒有洗過手，因爲她一次也沒有用自己的手處理過，一切的一切都是由佐助爲她做的。入浴時也這樣，人家或許會說高貴的婦人竟能心平氣和地讓人清洗全身眞不知羞恥，但師傅對佐助不是出於高貴婦人的選擇之下，而是一則因爲盲目，再則因爲從幼小時候開始就養成這樣的習慣了，現在已經不會引起任何感覺情緒了也不一定。她又非常注重儀容穿著，失明以來雖然不再照鏡子，不過她對自己的容貌姿色具有相當自信，對於服裝髮飾的搭配等所費的心思並不亞於眼明的時候。試想記憶力強的她可能還長久記得自己九歲時的容貌吧，加上世間對她的讚美不斷，人人對她的奉承始終不絕於耳，因此她非常知道自己氣質出眾，不惜花費許多精神來化妝。她常飼養黃鶯，取其糞便和米糠混合，並取絲瓜水調和以敷臉和手足，必使肌膚光滑柔嫩心情才會感到舒暢，最忌諱皮膚粗糙。但凡彈奏樂器者因彈絃的必要最在意左手指甲的長度，她每隔三天必令人修剪一次再用銼子打磨。不只左手如此，連雙手雙腳也一併修剪，雖然頂多才增長一厘二厘而已幾乎看不出來，卻仍要令人每次一樣地正確修剪，剪後痕跡並一一用手觸摸看看，稍有差錯都不容許。佐助其實都把這些照顧任務一手承攬下來，稍有空閒時間還要請教琴藝，有時並代替師傅指導後進的弟子們。

◇

所謂肉體關係本來就有許多不同種類。像佐助對春琴的肉體可以說熟悉知曉得鉅細靡遺，他們結緣的密切是一般平常夫婦關係和戀愛關係連夢想都無法企及的。晚年他自己也盲目之後，還依然能夠侍候春琴身邊而不犯大過也不是偶然的事。佐助終其一生都未娶妻妾，從丁稚學徒時代開始到八十三歲終老爲止，除春琴之外一個異性都沒有接觸過，自然沒有資格拿其他婦人做比較來說三道四，不過他晚年鰥居生活之後，時常向左右的人誇口春琴肌膚之光滑四肢之柔軟爲世間所罕見，那已成爲他老後唯一的重複語言。他常常伸出手掌來說師傅的腳正好可以搭在這手掌上，又一面撫摸著自己的臉頰說連她腳跟的肉都比我這裡還要光滑柔軟。前面已經寫過她個子嬌小，穿上衣服看來雖然身體相對顯得苗條，然而赤裸時肉體卻意外豐滿，肌膚格外白皙，直到上了年紀皮膚依然保持年輕光澤。平素喜歡吃魚和雞肉，特別是鯛魚所做的菜色她最喜愛。據說以當時婦人來說眞是令人驚訝的美食家，也喜歡淺嚐好酒，晚餐小酌一合從不缺少。或許這也有關係吧（盲人吃東西時常令人有貪婪卑下的感覺，突然平添怪可憐的印象，況且是妙齡美女的盲人，春琴知道這點因而在不知不覺間除了佐助之外忌諱讓外人看到自己飲食的姿態，若有客人招待時也僅形式上略微舉筷而已，總給人極爲高尚的印象，其實居家飲食極爲奢侈，雖然不至於大吃但米飯能輕鬆吃下兩碗，佐菜副食也每盤一一輪流運筷，菜色品數繁多因此讓供餐準備的人相當麻煩費事，簡直就像以刁難佐助爲目的似的。佐助逐漸變得擅長於烹煮沙鍋鯛魚剔骨取肉，剝除蝦蟹外殼，香魚等可以整條完好不變形下從尾部將魚骨乾淨俐落地剔除）。秀髮非常多而柔軟，有如棉花般鬆軟，手指纖細手掌伸曲自如，也許經常撥弄琴絃的關係指尖十分有勁，徒手打人臉頰相當疼痛。體質雖然容易上火但也非常冷底。即使盛夏時肌膚也不知流汗，腳經常冰一般冷，四季常穿內有綿絮的夾襖，或穿縐綢小袖當睡衣，下襬任其下垂以便充分包住雙腳入睡，而這樣的睡姿一夜竟然絲毫不會變樣。因爲嫌燥熱而不用几爐也不用熱水袋睡覺，實在太冷時就讓佐助將她雙腳抱入懷裡焐暖，即使這樣還不容易暖起來，反倒連帶把佐助的胸部也焐涼了。入浴時爲了不讓澡堂充滿蒸氣，連冬天都讓窗戶敞開著，只能在略溫的熱水裡浸泡一二分鐘就得起身，反覆連泡幾次，要是長久浸泡便會立刻開始心悸，因此不得不盡量在短時間內暖身，並急忙洗淨身體。像這些事情知道越多就越能眞正體察佐助的辛勞。而且這些在物質上的酬報卻相當微薄，薪資常常只有津貼的程度而已，往往連香菸錢都感到困窘的地步。衣服之類只在過年和年中才領一次工作服而已。雖然也協助師傅做代理助教的工作，卻沒有得到特殊地位的認定，門弟和女侍們被命令稱他爲「佐助仔」，出門授課時常讓他在玄關口等候。有一次佐助蛀牙疼痛右側臉頰嚴重腫起，入夜後更加痛苦難當，卻仍勉強忍著不動聲色，幾次悄悄出去漱口，一面注意著唯恐氣息不佳一面繼續工作，終於等到春琴準備就寢，命他按摩肩膀推拿腰背，他依照吩咐按摩一陣之後，又說好了幫我溫腳吧，於是恭恭敬敬地在她裙襬旁躺下袒開胸懷將她的腳底搭載於自己的胸膛上，然而胸前竟如冰一般冷，反而臉因寢具悶氣的關係而滾滾發燙，牙痛更加激烈難當，於是用腫起的臉頰代替胸部焐她的雙腳勉強鎮住疼痛。不料春琴竟忽然不悅，一腳踢開他的臉頰，佐助冷不防哎喲一聲，跳了起來。春琴說不用再焐了，人家叫你用胸口焐可沒叫你用臉焐，腳底沒長眼睛這是明眼人和盲人都一樣的，別想瞞著人了，你大概牙在疼吧，看你白天的樣子就知道了，而且右邊臉頰和左邊臉頰熱度不同，腫的程度也不同，連腳都非常清楚，看來是相當疼吧，你坦白直說不就得了，我也不是不懂得怎麼帶人的，然而你卻一面裝成一副忠心耿耿的模樣，一面拿主人的身體來冰鎮你的牙疼，這未免太狂妄自大喧賓奪主了，這種壞心眼，眞可惡！春琴對待佐助的方式多半就像這樣，尤其當他對年輕女弟子稍微親切一點，或爲她們指導琴藝時就會不高興，偶爾有這種疑慮時，表面上雖不動聲色露出嫉妒的意思，然而卻會以更惡劣的方式來對付他，這種情況佐助最是爲難。

◇

女人盲目又獨身的話，要說多奢侈也很有限，就算再怎麼恣意華衣美食也不過如此，但春琴一家主人加上底下使用的五、六個人每月生活費用金額卻不算少數。爲什麼會這麼花錢和需要人手呢？第一個原因是她有養鳥的嗜好。其中她最鍾愛黃鶯。今日善啼的黃鶯一隻也有要價一萬圓的，想必往日情況也不相上下。話雖如此今日和往日聽辨啼聲與賞玩方式，似乎仍有幾分差異，不過首先就以今日爲例來說，有嘰啾、嘰啾、嘰啾、嘰啾的啼法，也就是所謂黃鶯出谷在飛越溪谷時的啼聲，也有呵——奇——貝卡康似的啼法即所謂的高音，在呵——呵吉啾嗚的基本啼法之外，如果有這兩種啼法的話，價值自然比較高。這是一般野生黃鶯不會啼的，偶爾會啼也不會啼成呵——奇——貝卡康而只會啼成呵——奇貝洽，所以不清亮。能拉出貝卡康，這康的金屬性美麗餘韻，是可以用人爲手段來培養的。就是把野生黃鶯的小雛鳥在尾巴還沒長出來以前活抓來，讓牠跟隨其他師傅黃鶯練習啼唱。如果等到尾巴長出來以後才要教的話，因爲已經學會母親的粗笨啼聲，便已經無法矯正了。師傅級黃鶯原來也是這樣以人爲方式教導出來的。著名的有叫做「鳳凰」和「千代之友」等各擁名號。這麼一來，如果聽說何處某氏府上擁有如此這般名鳥的話，家裡養有黃鶯的人常會為了自己的黃鶯而遠赴那名鳥所在的地方去造訪，請求對方教授啼法，這種練習稱為去附聲，大多從一大清早出發，要連續去好幾天。有時也由師傅黃鶯外出往某一定場所授課，眾多弟子黃鶯集合於周圍，彷彿大合唱教室般壯觀。當然每隻黃鶯素質各有優劣聲音各有美醜，同樣是黃鶯也有擅長低音和高音婉轉迂迴餘韻悠長的，與不擅長的等等各有不同，因此獲得一隻優秀黃鶯並非容易。果眞能獲得的話，則可以指望將來會有豐厚的教授費收入，因此價格高也是理所當然的。春琴家裡養的黃鶯最優秀的取名號為「天鼓」，朝夕以聽那啼聲為樂。天鼓的啼聲眞是不同凡響，高音康的金屬聲音清澈無比，而且餘韻繞樑，可以說達到人工的極致，如同樂器聲音般讓人不覺是鳥的啼聲，而且聲音悠長既有張力又有光澤。因此天鼓的照顧方式就非常鄭重講究了。例如食物都必須注意再注意，先將普通調配黃鶯的研磨飼料，也就是先將大豆、糙米炒熟磨成粉狀，再混合米糠製成的白色粉狀飼料，另外準備以鯽魚和桃花魚乾磨成的粉稱為鯽魚粉，兩種各半混合，再滴入搗碎的蘿蔔葉汁，調製方法相當麻煩。此外為了讓啼聲美妙，還得去捕捉一種巢食於野葡萄蔓草莖中的昆蟲，每天餵食一到兩隻。為了飼養五六隻這樣花費工夫的鳥，手下就得經常有一到兩人專門負責這些雜務。此外黃鶯在看到人的時候是不會啼唱的，必須養在叫做飼桶的桐木箱鳥籠裡，加裝紙障密閉起來，從紙外透入些微光線，這飼桶的紙障則用紫檀或黑檀木等高級木框施加精巧雕刻或鑲鏤蝶貝描繪四時花鳥極爲精緻講究情趣，其中不乏骨董名品。今日雖有百圓二百圓五百圓等高價已不稀奇，但當年天鼓的鳥籠據說是遠從中國來的舶來逸品，鑲的籠骨乃紫檀所製腰間嵌有琅玕[*31]翡翠面板，上面細細雕刻山水樓閣，眞是高雅極了。春琴經常在自家起居室旁臨窗的地方放置這鳥籠專心入神地聆聽著。天鼓優美的聲音委婉啁囀時，她心情便十分愉悅，因此手下的人都非常用心勤快地加水添料讓鳥啼唱。黃鶯大體在晴朗的日子特別喜歡啼唱，因此天氣不好時，春琴脾氣也跟著彆扭。天鼓的啼唱在冬末春初最是頻繁，到了夏天緊跟著次數逐漸減少，春琴憂鬱的日子也就漸漸增多。本來黃鶯如果擅長飼養的話也算是長壽的鳥，但這需要非常細心注意才行，如果讓沒經驗的人來養的話很快就會死掉。死掉的話又會買新的黃鶯來遞補。春琴家初代天鼓活到八歲時死去，後來暫時得不到可以繼承的第二代名鳥，經過數年後才終於又漸漸培養出足以不讓前代羞恥的黃鶯，於是再度命名爲天鼓加以愛惜賞玩。「第二代天鼓啼聲靈巧美妙非比尋常，足以與迦陵頻迦*32比美，朝夕將籠置於座右鍾愛有加，且經常讓弟子等傾聽此鳥啼聲，然後諭曰，汝等傾聽天鼓之歌唱，可知原來雖為無名雛鳥但若從幼小開始磨練功夫定當不致落空，該啼聲之美與野生之鶯相異，或有人曰，如此乃人工之美非天然之聲，不如在深山幽谷漫步尋芳探春之時，忽從遮蔽眼前的流霞深處傳來啼聲的林野黃鶯之聲風雅，然而妾不以為然，林野黃鶯乃因得天時地利始能聽來若風雅狀，如單論其聲則未必可稱美矣，反之若能聽到像天鼓般之名鳥啼囀，雖居室內卻可想像置身幽邃閑寂山林峽谷之風趣，潺潺溪流之聲與峰頂櫻花之靉靆*33一一皆可浮上心眼心耳，花與霞均在該聲中具備，讓人渾然忘卻自己置身紅塵萬丈的都門之內。此乃以技工與天然風景及其美質相爭也，音曲之祕訣亦盡在其中。且屢屢以此恥笑訓斥愚鈍弟子，曰雖為小禽尚且能解藝道密事，汝等生為人類竟不如鳥類。」話雖有理，然而動輒拿黃鶯來相比，以佐助為首的門下弟子們也常常感到消受不了。

◇

除黃鶯之外，其次她也喜愛雲雀，這種鳥有朝天飛揚的習性，即使關在籠中也常愛往高處飛起，因此鳥籠形狀通常是縱向細長形的，高度有達到三尺四尺五尺不等。然而同樣是雲雀的聲音，眞正要欣賞還是要放出鳥籠讓鳥飛到看不見身影的高空中，雲雀一面飛進雲端深處，啼聲一面傳回地上來，這樣聽才最美妙。換句話說，在欣賞雲雀衝進雲端自由飛翔的特技。大抵雲雀在空中停留一定時間後會再次飛回鳥籠裡來，停在空中的時間大約十到二三十分，停留時間越長越是優秀，因此雲雀競技會時，鳥籠一列排開放著，大家同時打開籠門，把雲雀放出空中，最後回來的雲雀得勝。劣等雲雀回籠時，偶爾會搞錯飛進旁邊別家的籠子裡，嚴重的情況甚至偏差遠離一、二里外。不過通常都會分辨出來，回到自己的籠子。大凡雲雀都垂直往上飛，停留在空中一個定點再垂直下降，那麼自然可以回到原先的籠子。所謂切雲並不是切開雲往旁邊飛，看起來會像切雲，其實是雲飛掠雲雀而過的關係。淀屋橋一帶春琴家鄰近地方的居家者，在風和日麗的溫暖春日看見盲目女師傅走出曬物台來，把雲雀放出空中飛揚並不覺得稀奇。她身旁總有佐助隨身陪伴侍候，並有一名女傭跟隨照顧鳥籠，女師傅一聲令下女傭便打開鳥籠，任雲雀喜悅地一面發出吱吱的啼聲，一面高高升起直到身影沒入雲端深處。女師傅抬起看不見的眼睛，繼續追逐鳥的蹤影，一心入神地傾聽雲間傳來不斷的啼聲，有時也有同好的人各自帶著自己自豪的雲雀來舉行競技活動。這時附近的鄰居們也會走上自家的曬物台來聽雲雀的啼聲。其中也有些傢伙與其說是想看雲雀，不如說想看美麗女師傅的容顏，町內年輕人本來整年都看慣了的，但任何時代都不乏特別好事的痴漢，每次聽到有雲雀的啼聲時，就想到可以拜見女師傅而急忙跑上屋頂去。他們會那樣騷動或許正因她盲目而特別令人感到魅力不凡和深度不同，好奇心不禁被勾起。平常由佐助牽著手出外教琴時她只默默不語表情嚴肅，然而在放雲雀時卻會開朗地笑起來，甚至談笑風生，或許因此美貌顯得格外生動活潑。除此之外，她也飼養知更鳥、鸚鶉、繡眼、白頰等，有時各種鳥都各養五六隻之多，這些花費都不尋常。

◇

她是屬於所謂對內嚴厲的類型，外出時卻非常親切熱絡，去做客時言語動作極爲優雅自然流露嬌美風情，實在難以想像她在家中是個虐待佐助打罵弟子的婦人。此外儀表裝飾喜歡豪華，婚喪喜慶過年過節的送禮等也以身爲鵙屋家小姐的格式相當慷慨大方，出門時對侍應使女的小費、轎夫人力車夫等的打賞也出手大方。不過這麼說來是不是浪費無度的人呢，絕對不是。過去筆者曾在題爲〈我所見的大阪及大阪人〉[*34]一文中論及大阪人的節儉生活模樣，東京人的奢侈是不分裡外的，可是大阪人不管看來多麼喜歡豪華氣派，一定也會在別人不注意的地方撙節不必要的開支。春琴也是生在道修町的商家，這方面怎麼會有疏漏，她一方面喜歡極端奢侈，一方面卻也極端吝嗇貪婪。本來秉性就愛炫耀，具有競相比賽豪華氣派的不服輸氣魄，如果沒有這層目的的話是不會虛妄浪費的，換句話說不會亂花冤枉錢，做情緒化的胡亂揮霍，而會考慮用途針對效果，這點算是有理性會精打細算的。因而有時會在不服輸的精神下反而變形爲貪婪，例如從門弟收取的膝付[*35]和月謝，以女人之身大凡應該和其他師傅們相當即可，卻因自恃甚高竟要求與一流檢校同等金額而不稍讓。如果只是這樣倒也還好，卻連弟子們送來的中元歲暮贈禮之類也要干涉，總希望能多收一點，極其執拗甚至還暗地裡以嘲諷透露本意。有一次一位盲人弟子只因家貧所以每月的謝師禮金也常滯納，中元節時沒有餘力送禮，只送了一盒白仙糕[*36]來，並向佐助訴說苦情，務必請您代爲轉達致意請師傅可憐我的貧窮從寬體諒。佐助也覺得可憐於是誠惶誠恐地轉達了他的意思，正在爲他陳述辯護時，春琴卻忽然臉色一變，不是我對月謝和贈禮囉嗦講究，或許你們認爲我這是貪心其實並不然，金錢多少無所謂，不過如果不定出個大概標準的話，師徒的禮儀就無法成立，這孩子每個月連謝師禮金都會拖延了，現在還帶著一盒白仙糕來，說是當作中元禮物，實在是無禮至極。要是被人家恥笑，說這是拿來輕蔑師傅的也沒輒。不好意思既然這麼貧窮，那麼他要想在藝術之道有所成就恐怕很難，當然因情況和天資品級不同而有分別，並不是不可以免費教授，但那也只限於對方是前途有望萬人惜才的騏驎兒才行，能夠克服貧窮成爲一方名家的人，應該是與生俱來就有不凡天分的，光靠毅力和熱心無法成其事。那孩子只有厚臉皮比別人強，藝術方面我看倒沒什麼指望，說要人家可憐他的貧窮，也未免自視太高了，與其冒冒失失帶給別人麻煩自曝羞恥，不如斷然放棄這條道路，如果還想再學，大阪好師傅多的是，要到什麼地方去當弟子，就自己請便吧，我這裡到今天爲止，請他不用再來，你就去告訴他，說我謝謝他了。話已出口，再怎麼道歉都不再聽得進去，終於眞的拒絕了那個弟子。此外如果有人多帶了禮物去時，平日授課那樣嚴格的她，當天一整天都會對那個弟子和顏悅色，無意間還不免吐露一點誇獎的言語，反倒讓聽的人感到不是滋味，覺得師傅的誇獎是一件可怕的事。像這樣各方送來的禮她都要一一親自過目吟味，連點心禮盒也要打開查看，每個月的收入支出等，都叫佐助過來用算盤確實結算出來。她對數字非常敏感，擅長心算，聽過一次的數字就不容易忘記。付給米店多少多少、付給酒舖多少多少，連兩三個月前的事都記得一清二楚，畢竟她的極度奢侈都是利己性的，自己有多耽於奢侈就必須從其他方面苛扣回來，結果帳便轉到下人份上。在家裡頭她一個人過著貴族般的生活，卻強求佐助以下的佣人過得極度節儉，因此他們過的是像拿指甲當蠟燭燒般的日子，連每天每天消耗的飯量都要斤斤計較說長道短的，因此連吃飯都無法充分吃飽。聽底下人暗中抱怨，師傅還說黃鶯和雲雀比我們懂得忠義的道理呢，牠們懂得忠義也難怪，因爲師傅看待鳥比看待我們要來得重要啊。

◇

鵙屋家在父親安佐衛門還在世時，每月都會依春琴的需求送生活費來，然而自從父親去世兄長繼承家業之後，可就不再能隨心所欲地索求了。今天有閒婦人的奢侈雖然已不稀奇了，然而昔時連男子都未必能夠這樣，富裕家庭尤其堅守禮儀的世家衣食住行無不謹愼，避免過於奢侈有所僭越而招人物議。討厭與暴發戶爲伍的春琴，被容許過著奢侈生活也因出於憐惜她身體不全沒有其他樂趣的父母親情，到了兄長掌家的世代果然有所阻難，每月定出最大限度的若干金額，如有超過似乎已不再有求必應。她的吝嗇可能和這也有關係。雖然如此但金額依然足夠支持生活而有餘，因此琴曲的教授等收入其實想必是可有可無，對待弟子能那樣趾高氣揚也就順理成章了。事實上眞正來叩春琴師門的人數其實不過寥寥無幾。因此她才有空暇耽溺於小鳥的消遣娛樂。只是春琴在生田流的三絃琴藝，在當時大阪可以算是首屈一指的名家，這絕不是她自己的自負而已，公平的人也都承認，連憎恨春琴傲慢的人心中也不得不暗暗嫉妒或害怕她的琴藝。據筆者所知的一位老藝人說，年輕時候常聽她彈三絃，這人原是淨瑠璃的三味線琴師，雖流儀各有不同但他說近年地唄[*37]的三味線從未聽過能彈出像春琴這樣微妙琴音的人。而且據說團平在年輕時，曾經聽過春琴演奏而嘆息道，可惜她不是生爲男子不能彈太棹[*38]，本事這麼傑出卻無法成爲名人。團平的意太棹是三絃藝術的極致，但除非男子無法究其奧義，言下之意表示春琴天賦異稟可惜生爲女子，或者感覺春琴的三絃彈得具有男子的陽剛特質。

根據前述老藝人說春琴的三味線在背後聽來聲音極爲清亮爽脆令人感覺像男子所彈，據說音色不僅美妙並富於變化，有時發出具有沉痛深度的聲音，以女子來說似乎是稀有的妙手。如果今日春琴能夠稍微圓融一些，知道待人要謙虛一點的話，她的名聲應該更加響亮。然而因爲生於富貴之家不解生計之苦，一味隨性任意行動而令世間敬而遠之，正因她的才高反而樹立四方敵人，平白埋沒了她的才華。雖然可以說是自作自受但也不得不說是一大不幸。至於進入春琴門下的弟子，都是向來佩服她的實力，深信除非她之外再無其他人可以師事，爲了修業心甘情願接受苛酷鞭撻，不管怒罵打擲在所不辭，都先有覺悟有備而來。雖然如此還是有不少人中途無法再繼續忍受長期的苦修，完全沒有經驗的初學者更連一個月都熬不過。其實春琴的授課方式往往超越鞭策的領域而發展到故意惡意責打的地步，甚至帶有嗜虐色彩。或許名人意識也有幾分助長這種傾向。換句話說社會上容許這種教法，門下弟子也有所覺悟，因此覺得好像越這樣做越能成爲名人似的，於是漸漸變本加厲終於到達無法自制的地步。

◇

據鳴澤照女說，弟子人數眞的很少，其中有的是看上師傅美貌而來學習的，初學的外行徒眾大概多半屬於這種。美貌未婚又是資產家千金，因此會讓人這樣想也是理所當然的。她對待弟子非常嚴厲，據說也是爲了擊退那些半帶冷嘲眼光的好色狼輩的手段。不過說來諷刺這樣似乎反倒招來人氣。試著隨便推測猜想，或許眞正認眞學藝的高段弟子之中，也不乏對盲目美女的教鞭繼續嚐到不可思議快感的，與其琴藝修業不如這方面更吸引他們，這種人不是絕對沒有，幾個甚至像盧梭[*39]那樣。現在將開始敘述降臨於春琴身上的第二個災難，傳中因避免明白記載而對該原因和加害者未能明白指出誠然遺憾，不過如上所述的情況，弟子中有某一位因爲懷恨在心對她加以復仇是最合理的解釋。在這裡可以想到的是土佐堀的雜糧商美濃屋九兵衛的兒子名叫利太郎的少爺，生性相當放蕩，過去曾以遊藝自豪，不知從何時開始進入春琴門下學習琴和三味線。這人以父母的身世驕矜自傲，到處以少爺德性橫行霸道仗勢凌人，還把同門弟子看成自家店舖領班下人般輕視，因此春琴心中早覺得無趣，然而卻因他送禮十分豐厚的效應作祟讓她無法拒絕，盡量不去得罪他。於是他竟然到處吹噓連師傅都要對我另眼看待，尤其輕蔑佐助，嫌棄他的代理授課，說是除非師傅親自教授否則自己不願聽從，逐漸得寸進尺連春琴都感覺非常氣憤。話說他父親九兵衛原爲了養老選了天下茶屋一處幽靜地點修築一座葛家茸茅草屋頂的雅致隱居別莊，庭園種有十餘株老梅樹，有一年二月在這裡舉行賞梅宴會，曾經招待過春琴。總指揮就是這位少爺利太郎，另外請來一幫助興的藝人和藝妓，不用說春琴是由佐助陪同前往的。當天佐助一直被利太郎和助興的藝人們頻頻勸酒感到非常爲難，最近雖然因爲陪師傅晚酌酒量稍微增進一些，其實不太能喝，外出時向來被禁止碰杯，若非師傅許可是滴酒不沾的。唯恐喝醉了對重要的牽手任務有任何疏忽閃失，因此常裝成喝的樣子含混敷衍過去，然而當天卻被眼尖的利太郎識破，師傅，如果沒有師傅您的許可佐助仔是不敢喝的啦，今天大家不是來賞梅花的嗎？您就放他輕鬆一天嘛，佐助仔要是醉倒了，想幫您牽手的人隨便也有兩三個呢。粗聲大氣地來這樣糾纏她，只得苦笑著適度應付道，算了喝一點倒無所謂，不過可別讓他喝得太醉喲。好了這下得到許可，於是這邊也來敬酒那邊也來敬酒，就是這樣他還是拘謹緊張地把七分酒悄悄倒進洗杯器裡勉強喝著。當天座上一幫助興的藝人藝妓過去都曾聽過大名鼎鼎的女師傅，今日當面親眼目睹果然名不虛傳，猶如盛開櫻花的艷姿和氣韻，讓在座的人無不驚艷不已，紛紛讚美起鬨。有幾分可能也因爲察知利太郎的心意故意討他歡心而奉承的。不過春琴當時雖然已經三十七歲，看起來卻比實際年齡確實年輕十歲，肌膚怎麼看都異常白皙，看著她領口的人都不禁要感到心跳發冷的地步。那細嫩光滑的小手端莊地放在膝蓋上，略微低垂的盲目臉孔美艷得令在場的人眼光全集中在她身上看得出神入迷。有一件更滑稽的事情是，當大家都走出庭園逍遙漫步時，佐助牽著春琴一面引導她在花間靜靜緩慢移步前進，一面說「您看，這是梅花噢」一面在老梅樹前一一停下來，握著她的手去撫摸樹幹。大凡盲人都不得不以觸覺來確認東西的存在才能眞正體會，因此欣賞花木也已習慣這樣的方式，然而看到春琴用纖纖玉手頻頻環繞撫摸粗糙蚪節的老梅樹幹的模樣時，忽然有人發出奇怪的聲音「啊，眞羨慕梅樹」，又有一個人竟走出群眾站出來堵在春琴面前，以一副小丑嘴臉做出疏影橫斜[*40]的姿態來說「俺便是梅樹也」，鬧得大家哄然大笑。這些原本只是一種撒嬌起鬨讚美春琴的表現而已，並沒有侮辱她的意思。不過不習慣於歡場遊里惡俗玩笑的春琴卻很不高興，平常總希望人家把她當明眼人一樣，討厭被人差別對待，因此這種玩笑最是觸動她的肝火。終於到了入夜重新回到席間開始晚宴時，佐助仔你大概也累了囉，師傅就交給我來服侍，那邊已經準備好了呢，就請過去喝一杯來吧。佐助依照所言離席，又怕被隨便亂灌酒，不如先把肚子填飽，於是退到另一個房間先接受菜飯招待，不料才端起飯來正要張口時，一個拿著酒瓶的老妓卻緊緊黏上來，連說來一杯呀！來一杯呀！竟然多耗了些時間，吃過飯有一會兒還沒見有人來叫他，於是仍在那邊等候著。而這時候席間又發生了什麼事呢？請把佐助叫來。春琴這樣要求卻被強行擋駕，說道若要去洗手間的話，我可以陪您去呀。便把她帶到走廊，不知道是握了她的手還是怎麼，春琴連說不用！不用！還是快叫佐助來！用力把他的手甩開，就那樣站定不動了，佐助跑過來，一看臉色就知道不對。結果心想如果這傢伙能因此不再來上課也就罷了，不料那色狼沒有得逞卻不肯罷休，第二天竟還厚著臉皮若無其事地來上課。既然這樣我就認眞地來教訓你，如果吃得消就來試試看吧，春琴忽然態度一改平常的寬容放任，開始嚴格地要求起來。這樣一來利太郎也感到不知所措，每天流三斗之汗[*41]開始連喊吃不消。本來那自以爲是的琴藝被吹捧著時倒還彈得順利，這時不客氣的怒罵卻凌空飛來，惡意挑剔刁難之下，再也無法忍受，練琴上課便常常藉故偷懶，態度漸漸蠻橫起來，怎麼教都故意彈出無精打采的彈法，終於被春琴罵道「笨蛋！」，拿起琴拔打他，不料彈回來傷到眉間皮破血流，利太郎怪叫一聲「唉喲，好痛！」血竟從額頭滴滴答答滴下來，他壓著血撂下一句「給我記得～哼！」便憤然從座位上站起來走掉，從此不再露面。

◇

另一種說法是加害春琴的人可能是住在北新地一帶的某少女的父親。這位少女原是預備將來要當藝妓，目前正在藝妓養成班學藝中的下地子[*42]，拜在春琴門下接受嚴謹的琴藝訓練。有一天被琴拔打到頭部哭著逃回家去，那傷痕正好留在額頭髮際破了相，因此父親比少女本人更氣憤不平懷恨在心。這位父親可能不是養父而是親生父親，心想雖說是修業，但虐待一個年齡幼小的女孩也該有個限度，將來賴以營生最重要的容貌，現在有了瑕疵怎麼可能就此罷休，於是以相當激烈的言詞詰問師傅打算怎麼處理？生性倔強的她還以強硬的態度反問對方說，我這裡教法本來就嚴格，來學的人大家都知道，如果受不了爲什麼要來學。父親也不服輸地說道要打要罵不是不行，不過眼睛看不見的人這樣就太危險了，不知道會在什麼地方造成傷害，盲人就應該注意用盲人的正經教法啊！看樣子一副要訴諸暴力的氣勢。因此佐助趕緊插進來打圓場，總算一時把場面調停下來，將對方勸了回去。春琴臉色發青全身發抖沉默不語，到最後終究沒能吐出任何道歉的言詞。這位父親可能因爲女兒美貌受損懷恨在心而對春琴的容貌做出惡作劇的報復。不過就算是髮際，不管是額頭正中央或耳朵後面或什麼地方留下一點傷痕，就懷恨在心造成改變一生容貌的淒慘危害，就算心疼自己孩子而氣憤不過的父母心，這樣的報仇也未免太過固執了。

何況對方是個盲人，美貌變成醜貌對本人其實造成的打擊還不算大，如果只是以春琴爲目的的話，應該還有其他更痛快的方法吧。仔細觀察之下，復仇者的意圖不僅在於讓春琴受苦而已，好像讓佐助更悲嘆的樣子，這樣一來以結果來說又最令春琴痛苦了。這麼想來前述少女的父親似乎不如利太郎的嫌疑來得重的樣子。不知到底如何。利太郎的單戀熱度達到什麼程度無從知道，不過很多年輕人與其比自己小的女孩，不如更迷戀年紀較大女人的美感。或許無惡不作之餘這也不是那也不是，亢奮的結果反倒對盲目美女感到蠱惑，起初只是一時衝動失態，但伸出的手不料卻被對方斷然甩開，甚至連眉間都被戳破，所以才使出這種惡劣至極的報仇洩恨手段也不是不可能。不過總之因爲春琴樹敵過多，所以或許還有其他什麼人以某種原因懷恨在心也不一定，很難一概斷定就是利太郎。而且也不一定出於什麼痴情的原因，就算金錢問題上，像前面已經說過貧窮而盲目的學生被她殘酷對待的並不只一兩個。此外雖然沒有利太郎那樣厚臉皮，不過嫉妒佐助的人倒也有幾個。因爲佐助處於一種奇怪的地位，擔任「牽手」的漫長期間裡隱藏不住的關係在同門弟子中盡人皆知，對春琴有意思的人無不羨慕佐助的艷福，有時看到他那體貼入微的服侍模樣，心裡難免起反感。如果是受到正式丈夫或情夫待遇倒還沒話說，可是他看來表面上雖完全一副只是擔任牽手任務的僕人而已，卻從按摩到三介[*43]的雜役等舉凡春琴身邊的大小事情全都包辦，還裝成一副忠實盡責的模樣，可能讓知道背後底細的人難免吃味。那樣的牽手的話雖然有點辛苦不過我也能做啊，有什麼稀罕的！不少人暗中不免這樣嘲笑他。那麼衝著憎恨佐助，如果春琴的容貌在一夜之間有了可怕改變的話，那傢伙不知道會有什麼表情？難道這樣他還能照舊如常體貼入微地照顧她嗎？才怪呢，這下倒有好戲可看了。這種完全出於聲東擊西的敵本主義[*44]行爲動機也不是不可能。總之臆測紛紛孰是孰非難以判定。這時也有一種有力說法，是轉向完全意外的懷疑方向，就是說不是門弟，而可能是生意上的同行敵手，也就是某檢校或某女師傅。雖然並沒有證據，但這或許是最具洞察力的觀察也未可知。因爲春琴居常傲岸，認爲琴藝之道自己乃天下第一，世間也有承認這事實的傾向，這件事很傷同業師傅們的自尊心，有時甚至構成威脅。所謂檢校是往昔從京都開始給予盲人男子的一種崇高「地位」，擁有特定衣服和乘坐車轎，並非尋常藝人之輩所能享有的待遇，而這些人的技藝居然不如春琴，這種傳聞對於盲人來說尤其懷恨更深。或許總想設法葬送她的技藝和評價，因而想出陰險手段也不一定。曾經聽說有人在技藝上出於嫉妒而讓別人喝下水銀*45的例子。春琴的情況是兼有聲樂和器樂兩方面，因此據說是人家看準她愛美的虛榮心和對自己容貌的自豪，於是想改變她的容顏讓她再也無法在公眾之前露面。如果加害者不是某檢校就是某女師傅的話，那麼就連以才貌自豪都會討人厭，能破壞她的容貌自然就能嚐到一層快感。如此這般各種可疑原因都細細數過之後，就可以察知春琴其實已經處於遲早總是非被人下手不可的狀態了，她在不知不覺之間已經在四面八方種下了禍根。

◇

就在前述天下茶屋賞梅之宴後，經過大約一個半月的三月下旬月陰的夜晚丑時也就是凌晨三時左右，「佐助聽見春琴痛苦呻吟之聲，驚醒過來衝到隔鄰寢室，急忙點起燈火察看，不知何人已撬開雨戶躲進春琴寢室，已察知佐助快速起來的動靜，但未得一物似乎仍不願逃走，四周不見人影。此時賊子倉皇失措之餘，順手將鐵瓶投向春琴頭上而去，雪白豐頰頓時被熱湯餘沫濺上，可惜留下一點燙傷痕跡。本來只是白璧微瑕，往昔花顏玉容依然未變，但從此以後春琴甚以自己臉上些微傷痕爲恥，常以縐綢頭巾覆面，終日隱居室內，不再出現人前，即使近親門弟也難以窺知其相貌，因此產生種種風聞臆說。」這是《春琴傳》的記載。傳中繼續曰「蓋負傷輕微對天賦美貌幾乎無損。不願見人乃出於她的潔癖所致，微不足道的傷痕卻引以爲恥，實可說是盲人的過慮。」又曰「然不知是何因緣，經過數十日後，佐助亦爲白內障所困，兩眼變成一片黑暗。佐助發現自己眼前一片朦朧變得無法辨視物體形狀時，忽然以盲目的怪異腳步走到春琴前面，狂喜地叫道，師傅啊，佐助終於失明了，已經可以一生都不再看到師傅臉上的瑕疵了，眞是盲目得正是時候啊，這一定是天賜的恩惠。春琴聽了之後憮然良久矣。」從佐助的一片衷情考量，也可以明白事情眞相，雖然令人不忍，不過從這傳記前後的敘述可以看出應該是故意曲筆寫成的。他偶然得到白內障的說法也令人難以置信。又春琴不管有多潔癖或盲人的過敏也罷，既然無損天賦美貌的微小程度火傷，又何需以頭巾覆面，並討厭見人呢？事實上是花顏玉容已經被殘酷地毀損了。根據鴫澤照女等其他二三人的說法是，賊子預先潛入廚房生火燒水待沸騰後，提起那鐵瓶闖入寢室將鐵瓶口朝春琴頭上從正面傾倒潑注滾燙熱水。從一開始就有預謀，所以並不是什麼普通的盜物賊子，也不是一時狼狽之餘所做的行爲。那一夜春琴完全失去知覺，到第二天早晨才恢復意識，但燒傷潰爛的皮膚花了兩個月以上，傷口才完全乾燥癒合，可見傷勢相當嚴重。至於相貌的改變也有種種奇怪的傳聞，說是毛髮剝落左半邊變成禿頭的風聞，也不能以毫無根據的臆測予以排除。雖然佐助從此以後失明可以不再看見，但「即使近親門弟也難以窺知其相貌」這種說法又如何呢？不可能任何人都沒有看過吧，就像現在這位鴫澤照女應該也看過。只是照女也和佐助一樣重感情，絕對不向人透露春琴容貌的祕密。我雖然試著探問過，但她卻說佐助先生深信師傅始終是容貌美麗的女士，因此我也這樣想，並沒有告訴我詳細情形。

◇

佐助在春琴死後經過十餘年後曾經向側近的人談起他失明時的經過。因此當時的詳細情形才漸漸明白過來。換句話說春琴遭兇漢襲擊的那天夜晚，佐助如同平常那樣睡在與春琴寢室相連的房間，聽到不尋常的聲音醒過來，有明行燈*46的燈光竟然熄滅了，周遭一片漆黑，只聽見春琴的呻吟聲。佐助一驚跳了起來，連忙把燈點亮，然後提著那燈趕到鋪在屛風另一邊的春琴床前，並在模糊的燈光經屛風泥金底反射的瞬間明亮中環視房間一周，沒有任何凌亂的形跡，唯有春琴枕邊有一個鐵瓶被人丟下，春琴在棉被中不動地仰臥著，但不知爲什麼竟哎哎呻吟著。佐助原以爲春琴正被夢魘所困，師傅怎麼了呢？師傅，走近枕邊準備搖醒她時，不料她竟然呼叫著掩住雙眼，佐助佐助，別瞧我，我的樣子被害得很慘哪，別看我的臉，春琴還在痛苦呻吟之下說著，身體繼續悶悶掙扎，雙手拚命揮動想掩藏住臉的樣子，請放心我不看你的臉，我這就閉上眼睛，佐助於是把行燈拿開，她聽到這話才稍微放鬆些，但從此竟不省人事昏迷了過去。後來也始終在夢中繼續囈語，你們誰也別看我的臉，這件事情要保密，她繼續這樣說。不用擔心，等燙傷痕跡治好之後，還會恢復原來容貌的，雖然這樣安慰她，不過這種程度的大火傷，顏面不改變是不可能的，這種安慰話，她當然聽不下去，只一味叫人別看她的臉，意識恢復之後更加這樣叮嚀。除了醫師之外連對佐助都不願意顯示負傷情況，換膏藥和繃帶時都把全部人趕出病房之外。那麼佐助就只有在當天深夜趕到枕邊時，瞬間瞥見燒爛的臉一眼而已，看雖然看見了，卻不忍正視立刻把臉別開，因此幸而在行燈搖曳中，只留下像是看見某種遠離人間的怪異幻影似的模糊印象。據說後來也只看見從繃帶中露出的鼻孔和嘴唇而已。試想起來，正如春琴害怕被看到一樣，佐助也害怕看到。他每次走近病床時，總是盡量閉上眼睛或把視線轉開，因此春琴的相貌到底改變到什麼程度，他實際上並不知道，同時也主動避開可以知道的機會。然而憑著養護有道，負傷已經迅速朝痊癒的方向進展。有一天佐助一個人獨自侍坐在病房中時，春琴忽然不放心地問道佐助你看到了吧？佐助連忙回答沒有、沒有，您吩咐過不可以看的，我怎麼會違背您的交代呢？春琴接著又說不久傷口癒合以後，繃帶就不得不拆掉，醫師也不會再來了，這麼一來其他人姑且不管，只有你，這張臉是免不了會讓你看到了。好勝的春琴或許也一股氣受到挫折，竟忍不住落下淚來，從繃帶上頻頻壓著擦拭兩眼，讓佐助也黯然說不出話來，只能陪著一起嗚咽。我一定會不看您的臉，請安心吧，彷彿有所承諾似地說。然後過沒幾天，春琴已經可以從床上起身，治癒到隨時都可以拆下繃帶無妨的狀態了。就在這個時分，有一天早晨大清早，佐助從女傭的房間悄悄拿出她們所用的鏡台和縫針來，端坐在寢室，一面看著鏡子一面把針往自己眼中刺進去，用針刺的話眼睛會看不見，他並沒有這方面的具體知識，只想盡量採取痛苦較少的方法變成盲目而試著用針刺進左邊的黑眼珠，要朝黑眼珠刺進去似乎並不容易，不過眼白的部分堅硬針刺不進去，黑眼珠卻是柔軟的，試過兩三次後就碰巧噗哧一下感覺刺進了兩分左右，忽然眼球出現一片白濁，自己知道正逐漸失去視力，既沒有出血沒有發熱也幾乎沒怎麼感覺疼痛，這是水晶球體的組織被破壞所引起的外傷性白內障。佐助接著又用相同方法施加於右眼，瞬間兩眼都刺破了，據說本來剛開始還模糊地看得見物體形狀，經過十天左右之後才完全看不見。過一會兒，等春琴起床走出來後，他一面摸索著一面走到後面的房間去說道，師傅，我已經變成瞎眼了。從今以後一輩子都看不見您的臉了，在她面前叩頭說道。佐助，你說的是眞的嗎？春琴只說了這麼一句，便長久之間沉默下來沉思著。佐助在有生以來和往後的歲月之中，從來沒有比這沉默的幾分鐘之間感覺活得更快樂過。這和據說昔日惡七兵衛景清[*47]有感於賴朝的氣度斷絕了復仇之念，一面誓言此生再也不要看到此人，一面即刻將自己兩眼挖下一般，雖說動機不同，但心志之悲壯則相同。雖然如此，春琴對他的要求難道就是像這樣的事情嗎？後日她流著淚訴說道，是不是因爲我遇到這樣的災難之後，你猜想我希望你也變成盲目呢？很難忖度她是否有這樣的意思，不過在，佐助，你說的是眞的嗎？這短短一句問話中，佐助耳裡聽來感覺到她好像喜悅得戰慄著似的。而且在默默無言的相對之間，只有盲人才有的第六感作用，正在佐助的官能中開始萌芽，這時她唯有感謝一個念頭，除此之外別無其他，春琴這樣的心意，他自然了然於胸體會得到。過去雖然有肉體交涉，心與心卻被師徒關係的差別所隔開，這時才第一次感覺到兩人的心互相緊緊擁抱，彼此交流合而爲一。少年時候在壁櫥中的黑暗世界裡開始練習三味線時的記憶油然甦醒過來，但心情卻已和那時完全不同了。大凡盲人因爲對光只有方向感而已，因此盲人的視野是模糊而明亮的，並不是全然的黑暗世界，佐助現在才眞正知道。由於失去了外界的眼力，代替之下竟打開了內界的眼力。嗚呼，這才眞正是師傅所住的世界啊，這下漸漸感覺到可以和師傅同住在一個世界了，在他已經衰敗的視力之下，已經無法分辨房間的模樣，也無法看清春琴的身影了，不過只有繃帶所包裹著的容顏所在還朦朧地映在昏白的網膜上，他感覺那並不是繃帶，而是兩個月前師傅圓滿微妙的白皙容顏，在渾沌的明亮光圈中如同來迎佛*48般浮現著。

◇

佐助不痛嗎？春琴問。不，不痛。跟師傅的大難比起來，這一點小事算得了什麼？那天晚上我竟然睡得不知道有惡人偷偷潛進來，讓您吃了那樣的苦頭，想來想去都是我的疏忽，每天晚上讓我睡在隔鄰的房間，就是爲了要注意這樣的意外，結果竟然發生這樣嚴重的大事讓師傅您受了苦，自己卻平安無事，這怎麼能夠心安呢，應該受到懲罰的，我想求神降給我災難，卻祈願無門，只好向祖先祈願，朝夕膜拜。或許靈驗了吧，感謝一償宿願，今天早晨起床兩眼就這樣瞎了，一定是神明也聽到我的心願可憐我吧，師傅、師傅，我看不見師傅改變的樣子了，現在仍然看得見的，只有那三十年來已經烙在我眼底令我懷念的容顏。請依照一向以來那樣，毫無顧忌地把我放在身邊隨意使喚。眼睛忽然瞎掉之後，可悲的倒是動作舉止不順心，想要做好吩咐交代的事情恐怕也會東倒西歪慢吞吞的，至少身邊雜事的照顧，希望能不假別人的手。他把自己盲掉的眼睛轉向感覺春琴臉部所在的一片昏白圓光照過來的方向時，春琴說虧你能爲我下這麼大的決心，我覺得很高興，不知道我惹誰記恨了，竟然受到這樣的遭遇，不過我老實說出內心的眞話，現在這樣的姿態就算被外人看到了也好，就是最不願意讓你看到，難得你倒眞能體察我的心意。啊，眞謝謝你。聽到這句話時的高興，是失去雙眼的本意所沒有料到和難以換得的，想讓師傅和我活得傷心悲嘆生活遭遇不幸的傢伙，不管是何方的何許人，如果想藉改變師傅的容貌讓我煩惱為難的話，我就不看這個，只要我也成了瞎眼，那麼師傅的災難就等於沒有了，刻意苦心設計的使壞企圖也就化為泡沫，這一定大出那傢伙的意料之外。其實我哪裡有不幸，反而感到無上的幸福，卑鄙膽小的傢伙計謀無法得逞，讓他栽栽跟頭，想到這裡心裡就覺得好爽快。春琴道，佐助你就不用再說了。於是盲人師傅和徒弟兩人相擁而泣。

◇

將禍害轉而化為福氣的兩個人，後來生活怎麼樣呢？知道得最清楚而目前還在人世的就只有鴫澤照女了。照女今年七十一歲，住進春琴家當一名入門弟子是從明治七年十二歲時開始的。照女從佐助學習絲竹之道，一方面也在兩位盲人之間擔任斡旋角色，稱不上牽手，只負責一些聯絡工作。因爲一個是忽然成爲盲目的人，一個雖說從幼就開始盲目，卻連舉筷子都不用自己動手，向來依賴成性的奢侈婦人，因此無論如何都需要有擔任這種角色的第三者介入其中。本來決定僱用一個靈巧少女的，自從採用照女之後，看上她爲人老實深得兩人信任就那樣長久讓她服侍了。春琴死後她還繼續服侍佐助，據說在他獲得檢校地位的明治二十三年爲止，仍然留在身邊。照女明治七年開始到春琴家來的時候春琴已經四十六歲，是遭遇災難後經過九年歲月，已經是有相當年紀的婦人了，容顏因爲細故不讓人看，而且也交代他們不准看，經常穿著雙層紋羽的被布[*49]，坐在厚厚的座墊上，用淺黃鼠色縐綢頭巾將頭包到只能看到鼻子一部分的程度，讓頭巾邊緣下垂到眼瞼上方，連臉頰和嘴唇也遮住。佐助將眼睛刺瞎時已是四十一歲的初老年紀，這時才開始失明想必多麼不方便。雖然如此，春琴癢的時候也刻意讓他的手能搆得著，盡量讓他減少不方便的感覺。這樣的努力看在旁邊的人眼裡，也令人疼惜同情。春琴向來不中意別人的照顧，自己身邊瑣事是明眼人所無法做好的，長年習慣之下，佐助最知道她的習性。舉凡衣裳的穿戴、入浴、按摩、上廁所，依然還要煩勞他來服侍。那麼照女的任務與其說是協助春琴，毋寧說主要在幫忙佐助處理身邊雜務，絕少直接接觸春琴的身體。只有吃飯的照顧無論如何沒有她不行，其他只在傳遞物品時會間接幫忙佐助的服侍。例如入浴時陪兩個人走到浴室門口爲止，在那裡就告退了，直到拍手聲響起才再去迎接。這時春琴已經從浴室走出來，穿上浴衣戴上頭巾了，中間的事情都由佐助一個人來做。盲人的身體由盲人來幫忙洗，這到底是怎麼一回事？也許就像過去春琴用手指觸摸老梅樹幹時那樣吧。非常費事自不用說，因爲萬事都是這樣做的，因此很麻煩，眞讓人看不下去。竟然能夠受得了，旁人實在難以想像，但兩個當事人卻把這樣的麻煩當成一種享受，在不言不語之間，微妙的愛情就那麼交互流動著。想必失去視覺的相愛男女，在觸覺世界的享樂程度到底不是我們所能想像得到的。那麼佐助對春琴的奉獻式服務，和春琴怡然接受並需求這服務，彼此始終不感到厭倦，倒也不足爲奇。而且佐助除了陪伴春琴之外，稍有餘暇還盡可能撥時間多教幾個男女徒弟。當時春琴自己開始一直窩居在一個房間裡度日，賜予佐助琴台的稱號，門下弟子的教授工作全部交由佐助接手過去繼續教，音曲指南的招牌也在鵙屋春琴的名字旁加上較小的溫井琴台名字。然而因爲佐助的忠義和溫順向來已經令近鄰共同感到同情，因此門下反而比春琴時代熱鬧。有一件滑稽的事情是，當佐助正在教弟子時，春琴則一個人在後面的房間聽黃鶯啼聲聽得入迷，但不時有需要借助於佐助之手才能辦到的時候，即使正在授課中，也「佐助！佐助！」地呼叫他，於是佐助不管手頭正在做著什麼都會暫時丟下，立刻走進後面的房間去。爲了顧慮到必須經常陪在春琴身旁，便不出外授課，只在家裡招收弟子。在這裡應該補充一句，那時道修町的春琴本家鵙屋的老店已逐漸家道中落，每月生活費的補助也經常斷絕。如果沒有這種情況的話，佐助又何必這樣辛苦教授音曲呢？這隻殘缺不全的鳥在一面忙碌之間還要一面隨時飛奔到春琴身旁，一面上著課還要一面擔著心呢？而春琴想必也爲了同樣的事情而擔心煩惱吧。

◇

一手接下師傅的工作之後，佐助雖然力量單薄卻也挑起了一家的生計，但爲什麼沒有正式和她結婚呢？因爲春琴的自尊心使然到現在還在拒絕嗎？照女從佐助自己口中聽說，春琴的氣勢已經大爲挫折，佐助看到這樣的春琴心裡不免悲傷，無法以悲哀的女人可憐的女人的想法來看待春琴。畢竟佐助已經對現實閉上了雙眼，飛進一個永遠不變的觀念境界了，在他的視野中，只有過去的記憶世界，如果春琴因爲災難的關係個性有了改變的話，這個人已經不是春琴，他無論如何還是總把春琴想成過去那驕傲的春琴，不然現在他所看到的美貌春琴就會被破壞掉。那麼不想結婚的原因，與其說在春琴不如說在佐助了。在佐助的心目中，現實上的春琴是喚起觀念上春琴的媒介，因此爲了避免成爲對等關係，反而不但繼續維持主從的禮儀，甚至比以前更加卑下地克盡服侍的忠誠，努力讓春琴盡早忘記不幸並找回昔日的自信。現在還和以前一樣甘於接受微薄的薪資，和下男同樣的粗衣淡飯，將收入都全額奉上供春琴花用，其他方面則因爲經濟拮据而減少下人的人數，在各方面節儉開支，唯有能給她安慰的方面卻一點也沒有遺漏。因此盲目之後的他，可以說比以前更加倍勞苦。根據照女的說法，當時門弟們看佐助穿著實在太寒酸了覺得可憐，有人暗示他不妨稍微修飾邊幅，但他並不肯聽。而且現在還禁止門弟們稱呼他爲「師傅」，卻要他們稱呼「佐助桑」，這倒叫大家爲難了，於是盡量刻意避免出口稱呼。照女因爲職務上的關係，不可能不稱呼，於是已習慣稱春琴爲「師傅」，稱佐助爲「佐助桑」。春琴死後佐助把照女當成唯一的談話對象，偶有機會就會耽溺於亡故師傅的昔日回憶，也因爲這樣的關係。往後幾年他當上了檢校，以當時的身分其實可以不再忌憚任何人，而能被稱呼師傅或琴台先生了，但他還是喜歡照女稱他爲佐助桑，不許她用尊稱，過去他曾對照女提過，也許誰都會認爲眼睛瞎掉是不幸的事，但是我自己盲目以後，卻沒有嚐過這種感覺，心情反倒覺得這個世界彷彿變成極樂淨土了，好像只有我和師傅兩個人一面活著一面住在蓮台[*50]之上似的。這麼說來是因爲眼睛瞎掉之後，對眼睛還明亮時看不見的許多東西都開始看得見了，師傅容顏的美麗能仔細地看得更清楚也是在眼睛瞎掉之後。此外也才終於眞正知道她的手腳有多柔軟、肌膚有多光滑、聲音有多清脆美妙。我覺得很不可思議，爲什麼在眼睛還明亮的時候竟然沒有感覺到這麼細微呢。尤其自己對師傅三味線的奇妙琴音，是在失明之後才開始吟味到的，雖然口中曾經說過師傅眞是此道的天才，但終於明白那眞正價值和自己技巧的不成熟，兩相比較之下差距實在懸殊得令我驚訝。過去沒有領悟到這點眞可惜，自己開始能夠反省自己的愚昧了。其實如果說這是神明爲我打開了心眼也不無道理。師傅曾說過自己也正因爲成爲盲目才能嚐到明眼人所不知道的幸福。佐助所說的到底只是出於他的主觀，或者多少也和客觀一致，雖然還有疑問，不過別的暫且不提，光就春琴的技藝來說，因爲她的遇難成爲一個轉機而有了顯著進境倒是眞的。就算春琴在音曲上有多少天分的恩賜，如果沒有嚐盡人生的辛酸苦辣，要領悟藝道的眞諦[*51]恐怕相當困難。她向來被嬌寵慣了，要求別人十分嚴苛，自己卻不知道辛勞和屈辱，誰也無法挫折她的高傲態度，然而上天卻在她身上降臨痛烈的試練考驗，讓她徘徊於生死邊緣，打擊粉碎她的增上慢[*52]。試想起來，襲擊她容貌的災禍，在各種意義上反倒成爲一道良藥，無論在戀愛方面也好，藝術方面也好，或許都教給她過去所夢想不到的三昧境界吧。照女屢屢聽到春琴爲了打發無聊時光而獨自撫琴弄絃，也看到佐助就在她身旁低垂著頭，恍惚入神一心一意側耳傾聽的光景。而許多弟子們聽到從後面居室傳來精妙的撥絃聲音，也一起訝異不已，據說他們紛紛討論那三味線是不是有什麼特殊裝置。這時代的春琴不僅在彈絃技巧上有所精進，似乎並在作曲方面也很專注，常常在深夜悄悄用徒手輕輕彈絃串綴琴音，照女記得的就有〈春鶯囀〉和〈六之花〉二首曲子，前幾日照女彈給我試聽，足以窺知春琴也富有獨創性，真的具備作曲家的天分。

◇

春琴於明治十九年六月上旬開始抱病，在生病的幾天前還和佐助兩人走下中前栽，打開愛玩的雲雀鳥籠放雀兒飛上空中。照女看到盲人師徒二人互相手牽著手，仰頭望著天空，傾聽從遙遠的方向傳下來雲雀的啼聲，雲雀一面頻頻啼叫一面飛進高高的雲間，久久還不下來，讓兩人好不擔心，等了一個多小時還是沒有回到籠裡來。春琴那時有點怏怏不悅，不久之後腳氣就犯了，入秋以來情況轉而沉重，十月十四日以心臟痲痺長逝。除了雲雀之外，所飼養的黃鶯第三世的天鼓在春琴死後還活著，但佐助久久無法忘記悲傷，每次聽到天鼓的啼聲就會暗自落淚。一有空暇便在佛前上香，有時撫琴，有時拿起三絃來彈奏〈春鶯囀〉。歌詞以「緡蠻黃鳥*53止於丘隅」開始的這首曲子，因為是春琴的代表作，或許是她傾注了全部心魂，歌詞雖短卻附帶有技法非常複雜的樂器間奏，春琴就是一面聽著天鼓的啼聲，一面獲得此曲靈感的。手事間奏的旋律有如黃鶯凍淚眼模糊*54似的，在深山幽谷雪開始融化的初春時節，水勢增漲的潺潺溪流間，風聲呼呼響起松籟，東風造訪原野山林，梅花盛開如雲似霞，芬芳撲鼻，四野花團錦簇正是景色宜人，從山谷飛向山谷，枝頭跳到枝頭，移轉啼唱的鳥兒心事，皆在隱約間傾訴淨盡。生前她每次彈奏這首曲子時，天鼓也總會欣喜地從咽喉間啁囀啼唱著與絃樂的音色交相競技。天鼓聽到這首曲子時，或許回想起出生故鄉的溪谷，懷念那遼闊的天地，憧憬那燦爛的陽光吧。佐助繼續彈著〈春鶯囀〉，魂卻不知道飛到什麼地方去了。習慣於以觸覺世界為媒介凝視觀念中春琴的他，是否也憑藉聽覺來彌補那欠缺呢？人只要不失去記憶，就能夠夢見故人，然而像佐助這樣只能在夢中才能看到生前對象的人，什麼時候是死別，恐怕都難以分清了。順便一提，春琴和佐助之間除前述之外，另有二男一女，女兒於分娩之後死去，兩個男孩都在嬰兒的時候就讓河內的農家領養走了。春琴死後佐助似乎沒有想見遺孤一面或領回的意思。孩子也不願意回到盲目親生父親身邊。如此這般佐助晚年既無子嗣也無妻妾，只有弟子們繼續看護，於明治四十年十月十四日，光譽春琴惠照禪定尼的祥月忌日以八十三歲高齡去世。察這二十一年來，都孤獨活著之間，想必他心中已創造出與在世時的春琴完全不同的春琴，他所看到的容貌姿態或許已越來越鮮活了。佐助刺瞎自己眼睛的事情傳到天龍寺的峨山和尚*55耳裡，他說能於轉瞬間斷絕內外，使醜轉回爲美，其禪機*56可嘉，庶幾達人所爲。但不知讀者諸賢是否也能首肯。

注釋：

1 淨土宗　以法然爲開宗祖師的佛教一派。信仰阿彌陀佛的本願，傳說唱誦南無阿彌陀佛的名號將可以往生淨土。

2 檢校　給予男子盲人的最高官名。室町時代訂定盲人職業作爲保護盲人的制度。細分幾個職業階級，最高位即檢校。本來是平家琵琶演奏者的官名，逐漸演變成對盲人的尊稱，也用於地方曲調和箏曲師傅的尊稱。

3 日蓮宗　以日蓮爲開宗祖師的佛教一派。奉《法華經》，唱《南無妙法蓮華經》。

4 六尺　尺貫法的長度單位。一尺爲十寸。又分曲尺與鯨尺，木工常用曲尺一尺約三〇・三公分；鯨尺一尺約三七・九公分。

5 慶應　江户末期的年號。元年至四年（1865年四月七日～1868年九月八日）。其後改元成明治。

6 佐藤春夫　（1892～1964）詩人、小說家。生於日本和歌山縣。著作有詩集《殉情》和小說《田園的憂鬱》等。有關台灣遊記曾以「霧社」或「旅人」爲名出書，邱若山先生譯成中文書名《殖民地之旅》（草根出版社）。

7 三味線　發音 shamisen，即日本的三絃琴。

8 生田流的勾当　生田流是琴（如大型古箏）曲的一派，江户中期，由京都的生田檢校（1656～1715）所創始。主要在關西地方流行，與關東的山田流齊名，但後來逐漸不以琴而以三味線爲主。勾当原來是官名，僅次於檢校，由於女性不容許成爲檢校，因此是女性中的最高位者。但明治四年廢除此官，以後只有生田流内還私下留有這種稱呼。

9 〈殘月〉　爲地方曲名，大阪的峰崎勾当悲嘆心愛弟子之死，爲一週年忌日追悼祈福所作的曲子，成爲廣爲流傳的名曲，過門間奏尤其是精采力作。

10 十丁　與十町同，町是以尺貫法表示距離的單位。一町爲六十間。一間爲一．八二公尺。一町約一〇九公尺。因此十丁約一〇九〇公尺，也就是一公里多一點。

11 丁稚　或稱丁稚奉公，十歲左右的兒童開始寄居到商家或工藝師傅家當小學徒，一面打雜一面學習做生意之道或技術藝能。

12 〈雪〉　地方歌謠（地唄）中最廣爲人知的名曲。江户末期天明年間（1781～

1789）前後，由大阪的峰崎勾当所作曲。巧妙表現出雪不停靜靜降下的感覺。

13 貍貓敲腹鼓　民間故事中貍貓過節會在半夜挺起肚皮當鼓敲。比喻不知從何處傳來怪異的音樂聲，就像貍貓過節的故事一樣神祕。

14 中前栽　建築物與建築物之間種植草木植栽的中庭，王朝風格的稱呼方式。

15 黑髮　長唄即長歌謠曲的曲名。表現女子嫉妒的戲曲。由初代櫻田治助作詞，初代杵屋佐吉作曲。後來在大阪成爲地方流行歌謠。

16 茶音頭　地唄即地方歌謠。又稱茶之湯音頭。三味線由京都的菊岡檢校作曲，琴由八重崎檢校作曲。三味線很稀奇的有六段，旋律輕快，合奏樂器流暢交錯，長度適中，成爲生田流的流行曲。

17 人形淨瑠璃　人形即傀儡，以傀儡戲曲演出義太夫節的另一種說法。義太夫節簡稱義太夫，是日本傳統音樂的一種，由竹本義太夫創始，集取古淨瑠璃各派藝風予以統一，於貞享元年（1684）創設人形劇的竹本座。與近松門左衛門聯合將淨瑠璃發展起來。

18 攝津大掾　竹本攝津大掾（1836～1917），明治時期義太夫節的名人。本名二見金助。藝名南部太夫，之後繼承第二代越路太夫，明治三十六年由小松宮獲賜攝津大掾之名。藝風高雅、聲調優美，擅長婉轉氣長之艷歌。

19 第三代越路太夫　三世竹本越路太夫（1865～1924），攝津大掾的門弟，明治三十六年繼承爲三世。據說年輕時候吊兒郎當曾經被師傅斷絕師徒關係達三十七次之多。

20 豐澤團七　未詳。

21 文樂座　傳承人形淨瑠璃三百餘年傳統的專門劇場。寬政末年時代由植村文樂軒創始於大阪高津橋南詰，後來，輾轉遷移博勞町稻荷神社內、南區清水町濱等，明治五年遷至松島的新開地，稱文樂座。昭和五年在道頓堀建立新劇場，昭和三十八年改稱朝日座。

22 阿波之鳴門　〈傾城阿波鳴門〉木下半二等合作的其他淨瑠璃傳統曲，明和五年（1768）在大阪初次上演。述說阿波德島的藩主玉木家發生動亂捲入名劍遺失的事件，藩士阿波十郎兵衛和阿弓夫婦的忠節故事，尤其阿弓與女兒阿鶴活生生被拆散分離的場面最著名。

23 吉田玉造　在此指初世吉田玉造（1829～1905），本名吉倉玉造。天保十一年第一次登上舞台，明治五年以人形操縱師第一次榮登文樂座的紋下（整團的代表者）。與三味線的團平、淨瑠璃的越路太夫齊名，被共同尊稱爲三名人。

24 金四　未詳。

25 大隅太夫　在此指三世竹本大隅太夫（1854～1913），義太夫節太夫。本名井上重吉。明治十七年以後在彥六座與名人團平合奏三味線。與文樂座的攝津大掾，並稱明治義太夫界的雙壁。

26 豐澤團平　在此指二世豐澤團平（1828～1898），弘化元年襲二世名，明治十六年成爲文樂座的紋下，翌年移至彥六座，精通諸藝被稱頌爲罕見的名人。作曲有〈壺坂〉、〈良弁杉〉等，以義太夫節的集大成者而聞名。

27 木下蔭挾合戰　淨瑠璃古曲名劇。若竹笛躬、近松余七等根據並木宗輔所作的《釜淵雙級巴》改作而成，於寬政元年在大阪初次演出。以太閤記故事之一而聞名，〈壬生村之段〉爲其第九冊。

28 第三絃　三味線的第三絃，最細，調子也最剛硬。

29 手事　琴、三味線等演奏沒有歌詞，只有樂器聲的部分。長間奏。生田流這種手事較多是特色，在日本音曲中頗爲稀奇，純粹器樂的性格很強。

30 有馬　有馬溫泉。位於神戶市冰庫區、六甲山脈西北麓的溫泉，從平安時代就以療養地聞名。

31 琅玕　中國產的一種硬玉，深綠色半透明的美石，自古即被愛用於裝飾。

32 迦陵頻迦　Kalavinka的音譯。在喜馬拉雅山中擁有美妙聲音的鳥，在《阿彌陀經》中亦指於極樂境界發妙音傳法。

33 靉靆　雲霞層層豐厚貌，在此比喻盛開的櫻花。

34 〈我所見的大阪及大阪人〉　作者昭和七年（1932）二月至四月於《中央公論》連載的隨筆。

35 膝付　學生入門時送給老師的禮金。

36 白仙糕　大阪的甜點，泡雪糕（蛋白與寒天所製成的羊糕）之一種。

37 地唄　江户時代初期開始在關西地區盛行的三味線歌謠的總稱。有組唄（合唱）、手事物（樂器獨奏）、語物（說唱）等之分，也有與琴合奏的。

38 太棹　用於義太夫節的伴奏樂器，棹粗的三味線。

39 盧梭　Jean Jacques Rousseau（1712~1778），法國十八世紀的代表性啓蒙思想家。提倡民主主義思想和熱情的解放，對法國革命與浪漫主義產生巨大影響。但據説因爲少年時代環境不佳，欠缺愛情以致擁有被虐待傾向。

40 疏影横斜　這裡是模仿梅樹姿態的意思。中國宋代詩人林逋〈山園小梅〉詩中，有「疏影横斜水清淺」的句子。

41 三斗之汗　斗爲尺貫法的容量單位，一斗爲十升，指量極多的誇大形容。

42 下地子　幼小女子被送到安置藝妓的地方，加以各種技藝訓練，準備培養到將來正式當藝妓。

43 三介　即三助。在錢湯大眾澡堂燒熱水，替客人洗背的男人。

44 敵本主義　隱藏眞正意圖，裝成另有目的的行動。故事根據明智光秀宣佈出陣攻打備中的毛利氏，卻在途中忽然告知部下「敵在本能寺」轉而出其不意地襲擊正在本能寺的織田信長。出典《日本外史》。

45 喝水銀　據説喝過水銀聲音將被破壞，因而藝人間的爭執往往有這種傳聞。

46 有明行燈　從前點到天亮的燈。用大型四方木框糊以紙罩，中間放置小碟裝油燃火於夜間照明。

47 惡七兵衛景清　平景清（生歿未詳）。平家一等剛勇的武士大將。據説殺伯父大日坊的仇人爲惡七兵衛。在壇之浦敗北降於源氏，後絕食而沒。有謠曲〈景清〉、近松門左衛門作的淨瑠璃〈出世景清〉等歌頌景清盲目的故事。

48 來迎佛　淨土宗和眞宗等淨土信仰中，有德的人臨終之際（上品往生），會有從西方極樂淨土隨菩薩來的阿彌陀佛。平安朝中期以來的佛像畫中常常可以見到。

49 被布　穿在和服上面的一種外套。前面交叉，領口開四方形，以衣帶繫住。江户時代後期，受到文人僧侶愛用，明治以後婦人、小孩也開始常穿。

50 蓮台　死後到極樂淨土的人所坐的蓮花座。

51 眞諦　佛教上的眞理。轉而用於指眞實、眞味、根本等之比喻。

52 增上慢　本爲佛教用語，尚未獲得最高法（眞理），卻自以爲已經得到，轉爲指超過自己實力以上的傲慢態度。

53 緡蠻黃鳥　意思指啼聲美妙的黃鶯。緡蠻形容鳥啼囀的聲音，緡與綿同。《大學》

中有「詩云。緡蠻黃鳥止于丘隅。子曰於止知其所止。可以人而不如鳥乎。」「緡蠻黃鳥，止于丘隅。」語出《詩經．小雅．魚藻之什綿蠻篇》。

54 黃鶯凍淚眼模糊　《古今和歌集》卷一春歌上有「二條之后初春御歌　雪中春來黃鶯凍　淚眼如今正模糊」。

55 峨山和尚　橋山峨山（1853～1900），臨濟宗的僧侶。京都人，五歲時出家，明治三十二年成爲天龍寺住持。以有德高僧知名，著有《峨山禪師言行錄》。

56 禪機　在禪中，悟得道理的契機。

有些小說讀過後便逐漸淡忘，
有些卻令人畢生難忘。
有人說愛情是盲目的，
若眞的盲目了，
又將如何感受愛情？

譯後記

賴明珠

《春琴抄》全書不長，我想也許可以試著來翻譯看看。

然而重新仔細閱讀後，卻反而開始猶豫。這樣一本經典名著，自己是否有能力譯好？老實說，信心開始動搖。

再三檢討，確定不可能將原著的美好完全傳達出來。然而還是被一股想譯的願望牽絆著，不捨得放棄。

谷崎潤一郎的其他著作，不少已經有中文譯本，雖然有些也許已經絕版，不過《細雪》、《痴人之愛》、《瘋癲老人日記》等，最近還可以在書店看到。《細雪》的電影也在多年前上映過。相信喜歡谷崎作品的朋友應該不陌生。然而《春琴抄》也拍成電影，我最近才知道。朋友聽說我在翻譯，想辦法幫我找到舊片來看，當然影片和小說是兩種不同的表現方式，感覺未必一致。但仍可以從不同層面加深對名著的印象。

在《文章讀本》著作中谷崎潤一郎曾經提過「言語學上系統完全相異的兩國文章之間，擁有永久無法逾越的隔牆」。雖然這句話原來是針對西洋文章與日本文章的差異所說的。不過嚴格說來，中文與日文即使不算系統完全相異（甚至有人以同文同種來強調彼此的相似），但中文和日文的文章結構、文法和語感，畢竟仍有相當大的差異。這在翻譯時往往很難將各自的優點完全成功地互相轉換。就像櫻花與梅花具有不同的美感一樣，日文與中文本身各自擁有不同的特性，在翻譯的過程中，很難完全保留原文的韻味。

《春琴抄》發表於一九三三年，谷崎潤一郎四十七歲時。描述的則是明治時代的故事。可以說是以二十世紀初期的文字描寫十九世紀末期的事蹟。因此有前輩作家述說前前朝往事的雙重時間差異。這與我平日翻譯較多的村上春樹作品恰成對比。因爲村上春樹屬於和我們同時代的作家，所使用的語言是當代的語言，作品描寫的情境也多半是當代的，自然比較容易掌握。因此翻譯《春琴抄》對我來說是全新的挑戰。必須想像自己活在另一個時代，使用另一套語言，使我有全新嘗試的喜悅感。

首先《春琴抄》的文字，除了用到不少日文特有的敬語難以轉換成中文之外，也出現一些罕見的漢字，充分營造出封建時代富家千金高貴優雅的氣質與生活情境，可以感受到谷崎潤一郎高深的古典日文與漢學素養。然而這些漢字在翻譯成中文的過程中，典雅的感覺卻會流失大半。例如「鍾愛」「幽邃」「蠱惑」「霎霴」等，在日文的平假名中出現時，漢字的特性非常突出。譯成中文時，雖然完全可以照樣沿用，卻由於夾雜混合在其他漢字中，隱沒到字裡行間，這種漢字在視覺上的特性和美感相對便淡化而難以凸顯了，實在令人惋惜。

其次故事因爲以大阪爲背景，自然用到不少大阪的關西腔，這在翻譯成中文時也很難轉換。中文用方言時，要表達粗俗、活潑、親切似乎比較容易，要表達優美、典雅、婉約卻需要更高的技巧（至少對我來說比較困難）。在這裡可能有三種選擇。一是完全放棄，採取無差異的處理方式。二是轉換成中文的方言，如閩南話、客家話、蘇州軟語、山東土話、四川話或京片子（也可視爲一種方言，有別於普通話）。但中文方言過多，一來難以取捨選擇，再說也沒有任何方言味道和大阪話近似。南腔北調處理不當反而有變味的疑慮，寧可放棄。第三種選擇是自己揑造一種「虛擬方言」。這缺點是完全沒有普遍性，恐怕沒有一個人會有共鳴，違背方言約定俗成的原則。不過我勉強想到一種做法，就是在句尾另加一個尾音「nn」，製造出「類大阪腔」的中文語感。將大阪語的「nenn」「nahare」，轉成中文時在語尾加一個虛字「嗯」，成爲「哪～嗯」「呢～嗯」「嘛～嗯」等隨語尾的不同而稍作變化。但加上後前後唸起來並不流暢，而且就算語音近似大阪腔，但語意上彷彿有強化甚至威嚇的意味，最後還是決定不加。

其次，原文的標點符號，作者刻意用得極少。這項特點甚至可以說是原著文體上的一大特色。會話也隱藏在行文之間，未加括號。作者有意藉此營造說書講故事般特殊的流麗感。但如果維持這樣稀少的標點方式，中文將會很難閱讀。因爲日文結構本身有語尾變化，即使不用標點也自然知道一句話已經告一段落。中文卻沒有語尾結構，如果不加上標點區分，會像「四書」「五經」般艱澀難懂，而讓讀者卻步。因此不得不加上一些標點符號。即使這樣做了，也許讀者仍難免感覺句子有點長。不過這種程度至少稍微保留了長句子的感覺，其實原文更長。尊重原著的人士，或許會認爲加標點改變了原作的節奏感。但爲了鼓勵年輕讀者閱讀，我想還是有必要適度加一些標點。

至於段落的區分則完全維持和原著一樣。

由此可以想像，這本《春琴抄》的中文版必然會比原著大爲失色。因此學過日文的人最好能直接閱讀原著。

雖然如此，還是覺得值得翻譯出來。

因爲除了文體和文字本身無法完全轉換之外，我想作者的精神和著作的其他許多優點仍然還是可以傳達的。

日本社會的傳統習俗，日本人謙虛禮讓的待人處世方式，對學習藝術的專注執著刻苦精進的精神，對師傅的絕對尊敬服從，春琴對琴藝之道的穎悟體會熱心鑽研，佐助對春琴的體貼入微犧牲奉獻，春琴一再遭逢災難變故的人生教訓之後態度的逐漸轉變，琴與三絃的曲調聲音，黃鶯和雲雀的啼聲和飛翔姿態的描述等……，不但爲我們開啓感性磨練與藝術鑑賞的入門之道，同時對愛情與人生際遇也有獨到的觀點。在在值得我們細細吟味。

正宗白鳥對《春琴抄》評論道「就算聖人出口，恐怕也無法插入一語」。可見這本小說完成度之高。

在著手翻譯之前，我考慮要用什麼樣的文體表達，必須做適當的選擇。我試圖以類似我們父兄長輩所使用的文體，像民初五四時代白話文運動剛開始推行時，白話中夾帶少許文言的體裁。而文中引用《春琴傳》的部分，則用更早期類似清末的文體，行文與對白也稍加區別。然而這終究只是一種理想而已，我們現在日常生活中所用的語言已經大爲白話化了，無論以自己的書寫能力或讀者的接受習慣來說，都不得不退一步設想，因此只能意到爲止，希望能保留原作的些微古典優雅氣息，就算是勉強滿足了。

今天大家似乎太注重表面的美貌，卻忽略內心的眞情。大多數人，對愛情只一味期待「獲得」，卻難得願意「付出」。總想著「誰來愛我？」卻沒想要「如何愛人？」更談不上「犧牲奉獻」。

如果眼睛看不見，美貌失去了，愛情是否會消失？

美貌是否與幸福成正比？

雖然東方與西方不同，現在與從前不同，男人與女人不同，但人心總是相通的。封建時代大阪獨特的風俗民情，少男少女的祕密心事，盲人獨特的心理和行爲舉止，作者以豐富的想像力和纖細的感性，創造出動人的情境。

薄薄一本小書，像一股清流般。

一讀、再讀，仍然散發著幽微的芬芳，久久不散。

【附錄一】谷崎潤一郎戲劇化的一生

一代大文豪谷崎潤一郎從事寫作半世紀以上，不僅在日本深受讀者喜愛，同時也是第一位獲得全美藝術院名譽會員的日本作家。一生經歷多采多姿波濤起伏，無論現實生活與作品，都一一耐人尋味。

最令我驚訝不已、印象深刻的，自然是他對佐藤春夫的「讓妻」事件。

「我太太更適合做你太太，祝你們幸福！」

兩個大文豪，就這樣？

一定不是凡人。

一、傳奇性的愛情故事

《春琴抄》中的佐助和春琴，兩人從少年到終老感情始終專一，一生只愛一個人。然而谷崎潤一郎自己的一生卻經歷過三次婚姻。他對男女感情有與眾不同的獨到深入體認，無形中也反映於作品之中。

大正四年，他與石川千代結婚，個性貞淑順從的千代似乎不適合他，兩人婚姻生活並不和諧，他的關注逐漸轉移到千代的妹妹身上。

大正八年，搬家到小田原，當時與潤一郎成爲親密朋友的佐藤春夫，同情被冷落的千代夫人，終於轉變成愛戀。潤一郎本來約定讓妻給佐藤，後來又反悔，於是春夫與潤一郎曾經因此一度絕交。

大正十二年，關東大地震，交通斷絕，潤一郎暫時隻身到關西避難，到小學時代的親友伊藤在神戸蘆屋的家拜訪，（蘆屋也正是村上春樹的老家所在地，村上少年時代大半時光在這裡度過，直到一九九五年阪神大地震後，村上重返故鄉，在《邊境．近境》的〈走過神戶〉這篇文章中曾經提到。）後來舉家遷到關西定居。潤一郎的文學和美學意識因爲這次的遷居有了極大的轉變。

昭和二年二月，潤一郎在因改造社的演講會而來到大阪的芥川龍之介投宿的地方，遇到將改變他後半生命運的松子。當時潤一郎四十一歲，松子二十四歲，是船場豪商根津的少奶奶，也是一個孩子的母親。

昭和五年潤一郎和千代離婚，讓千代和佐藤春夫結婚。第二年又和古川丁未子閃電結婚，但潤一郎心中其實無法忘懷松子。

昭和七年，根津家沒落，松子已與丈夫分居，潤一郎竟搬到松子隔壁，時相往來，並終於向她做愛的告白。

昭和八年五月和丁未子夫人分居。六月發表《春琴抄》。十二月發表《陰翳禮讚》。

昭和九年三月和松子同居。十月和丁未子夫人正式離婚。

昭和十年一月與松子結婚。在感情生活終於安定下來之後，九月開始著手翻譯

《源氏物語》的口語版。歷時十九年完成《潤一郎新譯源氏物語》。全十二卷。其間並從昭和十七年開始歷時六年完成大作《細雪》。

從以上「愛的年表」可以看出，《春琴抄》可以說正是他與松子夫人熱戀中所寫出的作品。

自從遷居到關西後，文風回歸日本古典，直到晚年創作豐富，可以稱爲谷崎潤一郎的黃金時代。

二、熱愛戲劇與電影

從《春琴抄》、《食蓼虫》等作品中，對淨瑠璃等的描述，可以看出谷崎潤一郎對日本傳統戲劇和音曲的熱愛。

谷崎潤一郎小說曾經被改編成電影達四十餘部之多。早期默片時代谷崎潤一郎並曾親自參加劇本的寫作，參與大正電影公司的影片製作。甚至妻子、女兒、小姨子，都曾在電影中演出，並因此發展出一段他和小姨子的特殊感情。

《春琴抄》曾經四度被拍成電影。分別由島津保次郎、伊藤大輔、衣笠貞之助、西河克己導演，女主角「春琴」，不同年代則分別由田中絹代（一九三五）、京町子（一九五四）、山本富士子（一九六一）、山口百惠（一九七六）等主演。

《細雪》也被拍成電影三次，尤其一九八三年由市川崑導演，岸惠子、佐久間良子、吉永小百合、古手川裕子主演四姊妹，男主角伊丹十三。名著、名導、名角陣容空前，俊男美女相得益彰，四姊妹春日觀賞櫻花的一幕眞是美得如詩如畫，令人印象深刻。

【附錄二】　谷崎潤一郎的文學觀與《春琴抄》

谷崎潤一郎在《文章讀本》的著作中，對感性的磨練、文章的鑑賞和創作方法，有許多精闢的見解，不但有助於解讀《春琴抄》、欣賞其他名作，同時值得有志寫作的讀者參考。特將大意摘要如下。

他說文章的味道，就如藝術的味道、食物的味道一樣，不需要借助學問和理論。就像舞台演員的演技，巧拙一眼就看得出來，不一定要是學者，但必須感覺敏銳。而感覺如果勤於磨練，自然能夠逐漸提升。

就像品酒，有人喜歡甜味，有人喜歡辛味一樣。文人寫文章也可以大別爲喜歡和文調的，和喜歡漢文調的兩大類。前者文體如流水般流麗，後者文體則剛勁簡潔。前者女性化，後者男性化。例如泉鏡花、上田敏、鈴木三重吉屬於前者，森鷗外、夏目漱石、志賀直哉、菊池寬屬於後者。

有趣的是，喜歡和文調的人多半喜歡《源氏物語》，喜歡漢文調的人多半不喜歡《源氏物語》。簡單說作家的文風也可以分爲「源氏物語派」和「非源氏物語派」。這與其說是感覺不同，或許還潛藏著體質等因素在內。文章的調子，好比人精神的流動，血管的節奏一樣。仔細觀察，凡是在文藝之道精進的人，似乎都會偏向某一邊。

他說自己喝酒雖然喜歡辛味的，文章卻喜歡甜味的。也就是屬於「源氏物語派」。他年輕時候對漢文風的書寫方法感興趣，年紀漸大之後，對自己本質有了更清楚自覺之後，逐漸隨著本性而偏向和文調。晚年並耗費將近二十年從事《源氏物語》的現代口語翻譯。

關於文章的品格，他認爲要創作高格調的文章，最重要的是要涵養適當合度的精神，所謂精神指的是體會優雅的心。而優雅的精神，尤其和日本人内向的性質，謙讓的美德具有很深的關聯。文章勿流於饒舌，避免粗俗，要講究敬語，保持適度的禮儀。

除了舉許多日本名家的文章爲例之外，他並以李白的詩來說明。「……例如

床前明月光　疑是地上霜

舉頭望明月　低頭思故鄉

這首〈靜夜思〉的詩擁有永遠的美感。述說的事情極爲簡單，然而千年以前的詩今天我們讀起來，腦子裡卻不可思議地還能清晰浮現床前的月光，地上的白霜，高掛天空的明月，和月下思念故鄉的人。並惹起我們彷彿自己現在也正沐浴在那青白的月光中，沉溺於思鄉的愁緒裡，和李白處於相同的情境般，一同感慨。這首詩之所以能擁有悠久的生命，任何時代都還能打動萬人的心，可以說基於幾個條件，

第一點是沒有放入主格，另一點是沒有明白顯示時式，這兩點具有很大的關係。如果是西洋詩的話，在『床前看月光』的人是作者，因此當然可能會放進『我』這個代名詞。其次在『床』、『頭』、『故鄉』之上，可能放上『我的』這所有格代名詞。其次『看』、『疑』、『望』、『思』等動詞，可能會採取過去式。於是這首詩，就會感覺是限定在某一個晚上，某一個人所看到的事情，終究只能擁有這個程度的魅力而已。當然這是韻文，不過即使是散文，東洋的古典文章這種寫法仍然很多。

其次，李白這首詩值得注意的另一點是，詩中對著明月思念遠方故鄉的心情，雖然籠罩著一種哀愁，但作者卻只說『思故鄉』而已。至於『寂寞』、『懷念』或『悲哀』之類的文字卻隻字未提。像這樣，對於一種感情不直接說出的表現法，是從前詩人和文人的嗜好，並不限於李白。不過這首詩，文字表面上什麼也沒說，然而卻有沉痛的味道，如果多用了一點哀傷的語言的話，必然就變膚淺了。……」

這不但點出他所謂文章最重要的「含蓄」之美。也說明了東方文章與西方文章的差異所在。

他並強調文章要兼顧視覺性和音樂性效果，也就是文章的體裁。包括假名與漢字的適度組合，段落與逗點的配置與取捨。字形的美感對文章內容所包含的感情，具有調和作用。

日文在視覺上使用漢字時，感覺比較剛硬、短截，使用平假名時比較柔軟、綿長。同樣一個字，可以選擇用漢字表達也可以選擇用平假名表達，以營造不同的視覺與聽覺效果。

他在寫《盲目物語》時盡量不用漢字，而大量使用平假名。因爲採取的是以戰國時代盲目的按摩老人，晚年述說自己過去往事的體裁，因此爲了讓整體文章的節奏緩慢下來，也就是考慮到音樂效果，想將老人一面追溯著記憶，一面以沙啞而難以聽清楚的聲音，一點一滴述說的情景和音調，更傳神地傳達給讀者，於是多用平假名，讓讀者多少有點難以閱讀。有些選擇取捨，讀者是否能夠體會而正確閱讀，雖然無法一一顧慮到，但只好任憑讀者的文學常識和感覺去自行體會。對於沒有這種常識和感覺的讀者，不管怎麼樣，無法理解也沒有辦法。

這種做法都憑當時實際的心情，隨性即興決定，畢竟等於沒有方針。

逗點的用法也一樣，具有視覺和音樂的效果。

「……《春琴抄》這部小說的文章，逗點就是徹底貫徹這個方針的一種嘗試。

例如：

女で盲目で獨身であれば贅沢と云っても限度があり美衣美食を恣にしてもたかがしれているしかし春琴の家には主一人に奉公人が五六人もつかはれている月づきの生活費も生やさしい額ではなかつた何故そんなに金や人手がかかつたと云うとその第一の原因は小鳥道楽にあつた就中彼女は鶯を愛した。今日啼声の優れた鶯は一羽一万円もするのがある往時といえども事情は同じだつたであろう。もつとも今日と昔とでは啼声の聴き分け方や翫賞法が幾分異なるらしいけれどもまず今日の例を以て話せばケッキョ、ケッキョ、ケッキョ、ケッキョ、と啼くいわゆる谷渡りの声ホーキーベカコンと啼くいはゆる高音、ホーホケキョウの地声の外にこの二種類の啼き方をするのが値打ちなのであるこれは薮鶯では鳴かないたままま啼いてもホーキーベカコンと啼かずにホーキーベチャと啼くから汚い、ベカコンと、コンと云う金属性の美しい余韻を曳くようにするには或る人為的な手段を以て養成するそれは薮鶯の雛を、まだ尾の生えぬ時に生け捕って来て別な師匠の鶯に附けて稽古させるのである尾が生えてからだと親の鶯薮の汚い声を覚えてしまうのでもはや矯正することが出来ない。

可是，如果標點方式要改成與句子結構一致時，就會變成這樣：

女で盲目で獨身であれば、贅沢と云っても限度があり、美衣美食を恣にしてもたかがしれている。しかし春琴の家には主一人に奉公人が五六人もつかはれている。月づきの生活費も生やさしい額ではなかつた。何故そんなに金や人手がかかつたと云うと、その第一の原因は小鳥道楽にあつた。就中彼女は鶯を愛した。今日啼声の優れた鶯は一羽一万円もするのがある。往時といえども事情は同じだつたであろう。もっとも今日と昔とでは、啼声の聴き分け方や、翫賞法が幾分異なるらしいけれども、まず今日の例を以て話せば、ケッキョ、ケッキョ、ケッキョ、ケッキョ、と啼くいわゆる谷渡りの声、ホーキーベカコンと啼くいはゆる高音、ホーホケキョウの地声の外に、この二種類の啼き方をするのが値打ちなのである。これは藪鶯では鳴かない。たまたま啼いてもホーキーベカコンと啼かず、にホーキーベチャと啼くから汚い。ベカコンと、コンと云う金属性の美しい余韻を曳くようにするには、或る人為的な手段を以て養成する。それは藪鶯の雛を、まだ尾の生えぬ時に生け捕って¤て、別な師匠の鶯に附けて稽古させるのである。尾が生えてからだと、親の鶯藪の汚い声を覚えてしまうので、もはや矯正することが出来ない。

兩種讀起來就可以知道，我的標點註法，主要著眼點放在，一、目的在模糊句子的分割界線。二、為了拉長文章的語氣。三、想帶出像以淡墨流麗順暢書寫般，清淡、柔弱的情緒。」

作者特別這樣說明。可見他對文章字斟句酌的程度，連每一個逗點都考慮在內，兼顧視覺美感與音樂美感，絲毫都不疏忽。

然而在翻譯成中文時，這點卻也令人大大爲難，不得不三思。

中文的特性和日文的特性不同。從視覺上來說，日文有筆劃稀疏的平假名、片假名和筆劃多的漢字混合，即使不加逗點，也已經具有沖淡整段文字的視覺效果；中文卻相反，全部由漢字所組成，每個字筆劃都多，如果不適度加入標點，整段看來將顯得格外濃重。從音樂性來說，日文句子結構有接頭語、接續詞、尤其是接尾語，因此即使不加逗點，也自然知道告一段落。中文卻沒有這種接尾語的詞性。如果不適度加一些逗號，讀起來不但有無所適從前後猶豫，彷彿讀古文般滯礙難行，反而失去行文的流暢感。

如果依照原著的標點方式將成爲以下的狀況。

女人盲目又獨身的話要說多奢侈也很有限就算再怎麼恣意華衣美食也不過如此但春琴一家主人加上底下使用的五六個人每月生活費用金額卻不算少數爲什麼會這麼花錢和需要人手呢第一個原因是她有養鳥的嗜好其中她最鍾愛黃鶯。今日善啼的黃鶯一隻也有要價一萬圓的想必往日情況也不相上下。話雖如此今日和往日聽辨啼聲的賞玩方式似乎有幾分差異不過首先就以今日爲例來說有嘰啾、嘰啾、嘰啾、嘰啾的啼法也就是所謂黃鶯出谷在飛越溪谷時的啼聲有呵——奇——貝卡康似的啼法即所謂的高音，在呵——呵吉啾鳴的基本啼法之外如果有這兩種啼法的話價值自然比較高這是一般野生黃鶯不會啼的偶爾會啼也不會啼成呵——奇——貝卡康而只會啼成呵——奇貝洽所以不清亮，貝卡康，能拉出這康的金屬性美麗餘韻是可以用人爲手段來培養的就是把野生黃鶯的小雛鳥，在尾巴還沒長出來以前活抓來讓牠跟隨其他師傅黃鶯練習啼唱如果等到尾巴長出來以後才要教的話因爲已經學會母親的粗笨啼聲便已經無法矯正了。

是否視覺上黑壓壓一片，感覺沉重，而且難以閱讀。增加逗點後，譯文如下。

女人盲目又獨身的話，要說多奢侈也很有限，就算再怎麼恣意華衣美食也不過如此，但春琴一家主人加上底下使用的五、六個人每月生活費用金額卻不算少數。爲什麼會這麼花錢和需要人手呢？第一個原因是她有養鳥的嗜好。其中她最鍾愛黃鶯。今日善啼的黃鶯一隻也有要價一萬圓的，想必往日情況也不相上下。話雖如此今日和往日聽辨啼聲與賞玩方式，似乎仍有幾分差異，不過首先就以今日爲例來說，有嘰啾、嘰啾、嘰啾、嘰啾的啼法，也就是所謂黃鶯出谷在飛越溪谷時的啼聲，也有呵——奇——貝卡康似的啼法即所謂的高音，在呵——呵吉啾嗚的基本啼法之外，如果有這兩種啼法的話，價值自然比較高。這是一般野生黃鶯不會啼的，偶爾會啼也不會啼成呵——奇——貝卡康而只會啼成呵——奇貝洽，所以不清亮。能拉出貝卡康，這康的金屬性美麗餘韻，是可以用人爲手段來培養的。就是把野生黃鶯的小雛鳥在尾巴還沒長出來以前活抓來，讓牠跟隨其他師傅黃鶯練習啼唱。如果等到尾巴長出來以後才要教的話，因爲已經學會母親的粗笨啼聲，便已經無法矯正了。

適度加進標點符號，讓文章視覺上增加透氣空間，降低沉重感。不但比較容易理解，方便閱讀，而且應該反而比較符合作者希望達到視覺上清淡化，節奏上更流暢的目的。

他也說不要被文法拘泥囚禁，要磨練感覺。

「……人天生的感覺雖然有敏銳有遲鈍。但如果用心磨練，是可以讓原來遲鈍的感覺研磨得敏銳起來的。磨練感覺有兩個方法：

第一是盡量多讀，並重複閱讀好文章。

第二是自己試著實際寫看看。

要想以文章立足於社會，多讀多作的練習是必要的。不但這樣，就算要培養鑑賞眼光，也有必要自己實際作文。例如三味線的欣賞，如果自己沒有實際拿起過這種樂器的人，其實很難分辨三味線彈得到底高明或拙劣。重複聽很多遍雖然也可以了解，不過耳朵要能聽出琴音的好壞需要花上好幾年時間，進步遲緩。然而如果能自己親身學習，就算一年半載也好，音感將會顯著增進，鑑賞力可以一下提升許多。」

作文時，有必要實際將文句出聲暗誦，看看是否流暢，能不能朗朗上口。提到文章感覺的磨練，他想到從前「素讀」的方式。所謂素讀，就是老師不多講解，光是多次音讀的教學法。從前日本教授漢文也採取和中國私塾類似的「寺子屋」式教法。他說：「我讀小學時也一面另外到『寺子屋』學習漢文，老師攤開書本，拿著棒子一面指著文字，一面朗朗讀給學生聽。學生熱心傾聽，老師讀完一句，學生便跟著高聲朗讀一遍。讀得讓老師認爲滿意了，才進到下一句。就這樣學習《外史》和《論語》。意思的講解，如果學生有問老師雖然會回答，但一般不太會說明。古典文章大多音調好聽，因此就算文句不懂也能聽進耳朵裡去，自然朗朗上口，少年長成青年，青年漸漸變成老年之間，每逢機會便反覆回想起來，不知不覺自然體會意思了。古有諺語『讀書百遍，意自然通。』就是這個意思。聽講解只能了解意思，卻無法體會言外之音和文章的韻味。因此往往聽過後就忘了。例如《大學》中有這樣一句。

詩云。緡蠻黄鳥止於丘隅。子曰於止知其所止。可以人而不如鳥乎。

讀過《大學》的人誰都記得的有名文句，然而那意思那味道要翻譯成現代語，如果不是漢學者，一般人恐怕無法做到。雖然如此，我們還是可以隱約感覺到好像了解了。『緡蠻黄鳥』的緡蠻這文字，如果不查字典的話，無法明白眞正的意思，但不知不覺間也就自己決定，大概是一隻黃鶯停在山丘的樹枝上發出美妙的啼聲吧。詩歌和俳句這種例子很多，以爲自己已經懂了，從來不曾懷疑過，可是如果有人叫你說明時，卻說不出口。然而這種模糊的了解方式，或許才眞對。因爲，原文的用詞如果換成別的用詞時，雖然意思好像明白了，但是往往只傳達了一部分的意味。『緡蠻黃鳥』就是『緡蠻黃鳥』，其他任何文字或詞句拿過來代用，都無法道盡原文所含有的深度、廣度和韻味。因此應該不能說『只要了解就可以翻譯成現代語』，會想得這麼簡單的人，其實證明並不了解。這樣看來，不加解釋只傳授素讀的寺子屋式的教授法，或許是帶給學生眞正理解力的最適當方法。

……爲了要寫得讓人眞正『了解』，則有必要寫得讓人『記得』。換句話說，字面的美和音調的美，不但能幫助讀者記憶，其實也補充讀者理解。這兩個條件如果不具備的話，意味並沒有完全傳達到。現在我們爲什麼能記憶以上所引用的《大學》中的一節文章呢？不用說是因爲『緡蠻』這特異的字面和那文章整體的音調的關係，正因爲這樣，這句子才能讓我們長久記憶，不時想起來，結果最初模糊的印象，逐漸變得明瞭，終於體會到眞正的含意和味道了。……」

他稱字面與音調爲文章的要素。現代的口語文多半已不具備這要素，不適合朗讀了。因此今天祝詞和弔詞還需要用到和漢混合的古雅文辭。

他說「……我們眞的需要多多研究古典文章，學習古文的長處。……」

我漸漸明白爲什麼《春琴抄》能讓我讀過多年後，還難以忘懷的原因了。

聯合譯叢 036

春琴抄（春琴抄）

作　　者／谷崎潤一郎
譯　　者／賴明珠
發 行 人／張寶琴
總 編 輯／周昭翡
主　　編／蕭仁豪
責任編輯／林劭璜
資深美編／戴榮芝
特約美編／鄭子瑀
業務部總經理／李文吉
發行助理／林昇儒
財 務 部／趙玉瑩　韋秀英
人事行政組／李懷瑩
版權管理／蕭仁豪
法律顧問／理律法律事務所
　陳長文律師、蔣大中律師
出 版 者／聯合文學出版社股份有限公司
地　　址／臺北市基隆路一段178號10樓
電　　話／（02）27666759轉5107
傳　　真／（02）27567914
郵撥帳號／17623526 聯合文學出版社股份有限公司
登 記 證／行政院新聞局局版臺業字第6109號
網　　址／http://unitas.udngroup.com.tw
　E-mail:unitas@udngroup.com.tw
印 刷 廠／瑞豐實業股份有限公司
總 經 銷／聯合發行股份有限公司
地　　址／231新北市新店區寶橋路235巷6弄6號2樓
電　　話／（02）29178022

出版日期／2004年9月　初版
　2022年8月11日　初版十刷第二次
定　　價／160元

ISBN 957-522-489-2（平裝）

國家圖書館出版品預行編目資料

春琴抄／谷崎潤一郎著；賴明珠譯
初版. -- 臺北市 ：聯合文學. 2004〔民93〕
面；　公分. --（聯合譯叢；36）
譯自：春琴抄

ISBN 957-522-489-2（平裝）

861.57　　93014089